아르카디아에도 나는 있었다

듀 나

아르카디아에도 나는 있었다

듀 나

소설

PIN

026

차례

PIN

026

아르카디아에도 나는 있었다

듀 나

모든 건 다 갑자기 일어나는 것이지.

언제 무슨 일이 일어날지 모르지.

—아이린(레드벨벳)

수요일

1

눈을 떠보니 천국이었다.

화사하게, 밝지만 눈이 부실 정도는 아닌 사파이어빛 하늘, 솜사탕 모양으로 군데군데 떠 있는 하얀 구름, 얼굴을 간질이는 산들바람 그리고 내 몸을 침대 위로 누르는 0.9g의 중력.

나는 이불에서 양손을 끄집어냈다. 정신을 잃기 전 온몸을 불사르던 화염이 남긴 흔적은 찾아볼 수 없었다. 손톱은 깨끗했고 완벽한 좌우대칭으로 깎여 있었다.

도대체 난 얼마나 죽어 있는 것일까?

이불을 젖히고 침대에서 내려와 주변을 둘러보

왔다. 지평선 너머로 끝없이 이어진 연두색 풀밭이 전부였다. 우주 재난 생존자들에겐 지구를 상징하는 이 무한한 풀밭이 심리적 안정을 준다는 통계 결과가 있다. 하지만 거의 평생을 소행성대에서 살아온 나에게 이진수로 만들어진 평원은 어떤 위로도 주지 못했다. 적당히 흐트러진 호텔 방이면 충분했을 것이다.

소행성대 연방 우주군 제복을 입은 키 큰 사람이 가브리엘 대천사처럼 내 앞에 나타났다. 이 동네에서 먹고사는 사람이라면 모를 수 없는 얼굴이었다.

"정신이 드십니까, 시민?"

필리파 리샤르 중장이 말했다.

"그런 거 같아요. 테레시코바는 어떻게 되었나요?"

"파괴되었습니다. 시민은 유일한 생존자입니다. 여객선이 폭발하기 직전에 우리 팀이 구출에 성공했습니다. 그 과정 중 구조선 두 대가 반파되었습니다."

"죄송해요."

왠지 모르게 사과를 해야 할 거 같았다.

"다들 해야 할 일을 했을 뿐입니다."

중장의 목소리는 덤덤했다.

나는 필사적으로 마지막 기억을 쥐어짰다. 테레시코바는 화성과 유로파를 연결하는 정기 여객선이었다. 코발렙스카야에서 맡았던 일을 다 끝내고 나는 베스타정거장에서 테레시코바를 타고 화성으로 갈 계획이었다. 나는 우주선을 탔고, 내 화물을 등록했고, 늦은 저녁을 먹었고, 내 캡슐에 들어가 가상현실을 켰고.

그리고 모든 게 화염 속에 섞여버렸다.

"내 몸은 괜찮은가요?"

내가 주저하며 물었다.

"몸의 4분의 3이 날아갔습니다. 뇌와 척추 일부만 간신히 살렸습니다. 일단 이천으로 데려와 재생 치료를 시작했습니다. 기본 재생이 끝나려면 2, 3주는 걸릴 거라고 합니다."

나는 이를 갈았다.

"그럼 여긴 아르카디아군요."

"그렇지요."

2

다들 상식적인 일을 한 것이다. 한국 이름을 가
진 시민을 세종 연합 소행성 중 가장 가까운 곳으
로 데려간 것. 이천은 심지어 세레스보다 가까웠
을 것이다. 게다가 여긴 나 같은 환자 정도는 언
제든지 받아줄 수 있는 썩 좋은 병원을 갖추고 있
다.

양로원이니 말이다.

나는 손뼉을 쳐 설정창을 열었다. 주르륵 훑어
보니 옛날 기억이 돌아왔다. 창을 닫은 나는 손가
락을 휘저어 회색 정장과 코트로 갈아입고 약간
굽이 높은 구두를 신었다. 머리칼은 어깨 길이로

늘였다. 제2차 세계대전 당시 영국 관청 직원처럼 수수했지만 내가 중력의 사치라고 부르는 긴 머리, 스커트, 구두가 모두 반영된 차림이었다. 반전 거울을 띄워 옷차림을 다듬은 나는 아르카디아광장 한가운데의 이천 동상 밑에 있는 정거장으로 점프했다.

벨이 울리고 문이 열렸다. 맨 처음 눈에 들어온 건 광장 끄트머리에 서 있는 네 개의 얼굴을 가진 청동 시계였다. 그리니치표준시로 6시 23분. 하늘은 어둡고 먹구름이 끼어 있었다. 으스스하고 추웠다. 성미 고약해 보이는 다람쥐 한 마리가 바닥을 쪼고 있는 까치들 사이에서 나를 째려보더니 움켜쥐고 있던 비스킷 반쪽을 입에 물고 가로수로 심긴 은행나무 위로 휙 올라가 사라졌다. 까치들은 내가 지나가는 동안에도 바닥에 떨어진 과자 조각들에 정신이 팔려 있었다. 서두르지 않으면 그것들은 곧 승화되어버린다.

도시는 많이 변해 있었다. 새 고층 건물들이 들어섰고 거리의 모양과 방향도 조금씩 바뀌었다. 하지만 아르카디아 특유의 뒤처진 분위기는 여전했다. 아니, 더 심해졌다. 늙음 자체도 나이를 먹은 것이다.

아르카디아는 이천에서 사용되는 에너지의 49%를 잡아먹는 가상 도시다. 도시의 넓이는 21.1㎢. 위에서 보면 사각형이 여러 겹으로 차곡차곡 겹쳐진 구조이다. 중앙엔 내가 있는 아르카디아광장이 있고 그 주변을 18세기 독일풍의 석조 건축물이 둘러싸고 있다. 그 주변을 20세기 후반 스타일의 유리 마천루들이 둘러싸고 있는데, 여기까지를 '시티'라고 부른다. 여덟 개의 다리를 걸친 시티를 둘러싼 작은 강(호수라고 불러야 할 것 같지만, 물은 순환하며 끝없이 흐른다)을 건너면 23세기 스타일의 출렁거리는 건물들이 있는 '미드타운'이고 그 주변은 20세기 중반에서 21세기 초반 스타일의 한국식 주택가와 아파트촌이 있는 '교외'이다.

나는 이 모든 게 그냥 낭비 같다. 가상현실이 없으면 버티지 못하는 건 나도 다른 사람들과 마찬가지지만 그래도 꼭 물리적 공간을 이렇게 공들여 모방할 필요가 있을까? 예를 들어 아르카디아에서 장거리를 움직이려면 전차나 지하철을 타야 한다. 두 점 사이의 거리가 실제로는 아무런 의미가 없지만 있는 척하며 게임 규칙을 따라야 한다. 코발렙스카야처럼 가상현실에 에너지의 10% 미만만 쓰는 정상적인 소행성에는 이따위 낭비가 없다.

여기엔 현실적인 물리적 공간과 물리법칙의 강요가 죽어가는 거주자들의 정신적 안정감에 도움이 된다는 핑계가 있다. 광장을 둘러싼 블록 스물네 개를 차지하는 시티 지역의 번잡함과 소음, 가끔 도시를 휩쓰는 폭우와 폭설, 이미 사라졌거나 처음부터 존재한 적 없는 브랜드의 호사스러운 광고물, 꾸준히 고정된 하늘길을 지나가는 비행기와 비행선도 마찬가지 이유로 존재한다. 하지만 왜 다른 양로원에서는 이를 채택하지 않는 걸까.

다행히도 그들은 진짜 세계를 모방한다고 쓰레기나 구토물까지 넣지는 않았다. 보도는 옛날 영화 실내 세트처럼 깨끗하고, 실제 날씨가 어떻건 저녁만 되면 차도의 검은 아스팔트는 빗물로 젖는다. 한가함을 은폐하기 위해 종종 목적지 없이 방황하는 차들을 차도에 투입하는데, 실제 도시와는 달리 노동인구과 물류의 이동이 거의 없기 때문이다.

나는 광장 옆 노변 카페로 가 빈 테이블에 앉았다. 요절한 쇼브라더스의 여자 배우처럼 생긴 AI 직원이 다가오자 글리터차를 주문했다. 어딘가에서 흘러나오는 자크 브렐의 노래를 따라 흥얼거리며 나는 광장의 사람들을 관찰했다. AI 반, 진짜 사람 반이겠지만 구별은 어려웠다. 아마 상대적으로 젊어 보이는 쪽이 AI일 것이다. 아무리 젊고 예쁜 몸을 챙겨 입어도 늙은이들은 티가 난다. 늙음이란 깨끗한 피부와 탱탱한 근육만으로 극복할 수 있는 게 아니다. 반대로 AI들은 아무리 오래되어도 인간처럼 나이를 먹지 않는다. 비슷하게 생각하고 행동하는 것처럼 보여도 둘의 정신 구조는 완전히 다르다. 아, 그리고 군데군데 서서 다른 사람들을 구경하는 다소 사악해 보이는 인간들은 당연히 관광객들이다.

내 비참한 상황을 설명한 보고서를 영토부에

보낸 나는, 글리터차를 한 모금씩 마시면서 다시 내 몸의 설정을 조정했다. 옛날 사람들이 생각한 것과는 달리 내 두뇌는 내가 아니다. 두뇌는 몸의 일부이고, 몸은 두뇌의 연장이다. 내 두뇌는 지금 몸 대부분을 날려버린 상태였고 치료 캡슐의 시뮬레이터가 대신 뇌에게 육체의 환상을 제공해 주고 있었다. 이 가짜 몸의 디폴트 설정이 완전히 엉망이라 난 지금 기분이 최악이었다. 온몸이 나무토막처럼 무뎠고 속이 더부룩했으며 광장으로 나와 정신이 맑아지자 이유 없이 화가 났다. 그나마 다행인 점이 있다면 더 상태가 좋고 내 말을 더 잘 듣는 몸의 환상을 인공적으로 만들어낼 수 있었다는 것이다. 나는 쾌감지수를 살짝 높이고 심박수를 조절했다. 짜증이 줄어들고 속이 가라앉았다.

두 개의 커다란 타원형 물체가 내 얼굴에 그림자를 만들었다. 하늘색 원피스를 입고 빈티지 나이키 운동화를 신은 핑크색 토끼가 나를 내려다보고 있었다. 내가 고개를 까딱하자 토끼는 내 맞은편 자리에 앉았다. 82년째 이천과 아르카디아의 관리자로 일하고 있는 비어트릭스 이천 시장이었다. 나는 필리파 리샤르가 직접 끌고 온 손님이니 시장이 행차할 만했다. 게다가 우린 구면이었고 관리자 AI들은 어느 누구도 잊지 않았다.

소행성대의 AI 관리자들은 인간형 아바타를 쓰지 않는다. 역사 초기엔 사람 모양의 아바타들이 대부분이었다. 하지만 자기만의 정체성과 자존심을 개발한 뒤로 이들은 점점 자신을 대표하는 다른 모양을 취하기 시작했다. 우리에겐 이들의 선택이 좀 괴상하고 무작위적으로 보인다. 그래도 두 발로 걷는 키 2m의 핑크색 토끼는 진동하는 보라색 튜브나 500개의 강철 이빨이 박힌 나무 십자가보다는 친근했다. 양로원 주민들을 위한 배려라고 생각한다.

우리 둘은 간단히 예의 바른 인사를 주고받고 테레시코바 사건에 대해 대화를 나누었다. 소행성대에서는 음모론이 돌고 있었다. 지난 한 달 동안 소행성대에는 테레시코바 사고를 포함해서 다섯 번의 대형 사고가 있었고 이건 우리 기준으로 보더라도 좀 심한 것이었다. 게다가 여객선 사고라? 이건 더 있을 수 없는 일이었다. 소문과는 달리 소행성대에서는 오히려 인간 목숨을 더 꼼꼼하게 챙긴다. 아직 인간은 사막의 물처럼 희귀한 자원이다. 웬만한 일들은 AI가 대신할 수 있다고 해도 인간의 머릿수는 여전히 정치적으로 중요하다.

우리는 다양한 행성과 소행성 출신의 승객 34명이 타고 있는 여객선을 파괴해서 얻을 수 있는 정치적, 경제적 이익이 무엇인지에 대해 이야기했다. 별로 떠오르는 게 없었다. 시장은 이 모든 사건에 소행성대 연방 우주군이 개입되어 있다는 음모론을 들려주었다. 좀 말이 안 되는 것 같았다. 그에 따르면 우주군은 일단 테레시코바를 반쯤 파괴한 뒤, 불타는 잔해에 구조선 두 대를 보내 승무원 세 명의 목숨을 날리면서 나를 구출했다는 말이다.

"하지만 숨은 사정을 모르는 이야기는 늘 말이 안 되는 것처럼 보이죠."

토끼 시장이 말했다.

3

시장은 나에게 구시가에 있는 버트램 호텔의
2402호실을 내주었다. 36년 전, 내가 할머니와
함께 이천에 왔을 때 머물렀던 바로 그 방이었다.
　나는 발코니로 나와 도시를 내려다보았다. 이
정도 높이에서 아르카디아는 지평선 너머로 무한
하게 이어지는 대도시로 보이나 사실은 직사각형
의 도시 하나가 타일처럼 끝없이 반복되며 사방
으로 이어지는 것뿐이다. 도시 왼쪽 시 경계선을
넘는 순간 보행자는 너무나도 자연스럽게 오른쪽
시 경계선을 거쳐 다시 도시로 돌아온다. 걸어서
아르카디아를 탈출하는 건 불가능하다.

옷장을 열고 여분의 옷과 신발을 생성한 나는 욕실로 들어가 구식 샤워기를 틀었다. 청결을 위해서가 아니었다. 가상현실 안이건, 물리 공간 안이건, 몸을 깨끗하게 하고 싶다면 더 손쉬운 방법이 얼마든 있다. 난 그저 중력에 의해 떨어지는 뜨거운 물을 즐기고 싶었을 뿐이다. 호텔에 있는 고풍스러운 기기들은 대부분 이런 쾌락을 위해 존재했다.

샤워를 마치고 나온 나는 소식을 들은 지인들의 메시지를 읽으며 빈둥거렸다. 이천에서 보낸 초록색 메시지 하나가 눈에 뜨였다. 라다 문이었다. 내가 이천에 왔다는 소식을 듣고 보낸 모양으로 특별한 내용은 없었다. 토끼 시장을 제외하면, 라다는 나와 안면이 있는 유일한 이천 시민이었다. 내 베이비시터였던 것이다. 나는 잠시 답장 내용을 머릿속으로 굴렸지만 쓰지는 않았다.

열한 시가 넘자 1층에 있는 화성 레스토랑으로 내려갔다. 룸서비스를 고려했지만, 옛날 생각이 나서 포기했다. 아르카디아에서 할머니가 죽어가는 걸 지켜보는 동안 나는 심각한 음식 중독에 빠졌었다. 호텔 방에 박혀 하루 30끼, 심지어 40끼까지 먹었다. 끼니 사이의 간격 없이 늘 무언가를 먹고 있던 때도 있었다. 걱정이 된 라다는 치료사들을 불렀지만 난 고함을 지르며 그들을 쫓아냈다. 중독은 할머니가 죽고 여기를 떠나는 순간 사라져버렸다. 치료사들이 뭔가를 했던 것 같지는 않다. 나는 그냥 나쁘고 허약한 부분을 아르카디아에 버려두고 갔던 것이다.

할머니는 박기영이라는 사람과 나의 관계를 설명하는 정확한 단어는 아니다. 소행성대에서 가족 관계를 가리키는 단어들의 경계선이 흐려진 지는 오래다. 이 세계의 사람들은 9개월 넘게 아기를 몸에 넣고 다닐 여유도 없고 가계와 혈통에 대단한 의미를 부여하지도 않는다. 우주 환경에 맞추어 회사에서 디자인된 아이들은 공장에서 생산되어 가상현실에서 자라고 회사 학교에서 훈련받는다.

내 경우는 좀 운이 없었다. 나는 화성 출신 지질학자의 생물학적 딸이었다. 엄마의 계획대로였다면 나는 엄마가 취직한 회사가 있는 유로파의 얼음 밑에서 평온하게 유년기를 보냈을 것이다. 하지만 엄마는 잠시 머물렀던 세레스에서 몇 십 년 동안 소행성대를 뒤흔들다 스러져간 수많은 미니 전쟁의 끝판에 말려들었고 나는 고아가 되었다. 홀로 남은 세 살짜리 아이의 양육자가 된 건 바로 한우주행성개발그룹의 부회장인 박기영이었다. 이유는 단 하나. 내가 한국 이름을 갖고 있었기 때문이었다.

한우주행성개발그룹은 통일 한국 우주제국주의의 첨병이었다. 최종 목표는 한국어 이름이 붙은 소행성들을 기반으로 한국어 문화권을 확장시키는 것이었다. 약육강식의 시대였다. 한동안 자기만의 아름다운 이름이 있었던 수많은 소행성과 혜성들이 기점 소행성을 부풀리는 재료로 쓰이고 사라졌다. 감자 모양의 작은 돌덩이들은 금속 외피를 두른 넓적한 기계로 변했고 종종 궤도도 바뀌었다.

할머니의 첫인상은 거대하다는 것이었다. 키가 205cm였고 몸집도 컸다. 타고난 체형이 아니라 항상성 유지 의학 기술의 역사가 반영된 결과였다. 할머니는 '소행성 거인들'의 마지막 세대였고 죽어가고 있었다. 우리가 만났을 때는 103세. 오래전 은퇴할 나이였지만 당시 한우주 삼총사로 불리었던 그룹 꼭대기의 노인네들은 통일 한국과의 정치적 고리를 사수하기 위해 여전히 물리 우주에 남아 있었다. 두뇌와 몸을 조금씩 교체하고 개조해가면서.

세종 연합이 수립되자, 삼총사는 모두 아르카디아로 은퇴했다. 정적들이 그들 정신의 순수성을 의심했기 때문에 어쩔 도리가 없었고 그 의심은 아마 정확했을 것이다. 삼총사의 정신은 아르카디아 안에서 순식간에 소멸했다. 겨우 4개월에서 5개월 사이. 평균의 15%도 못 되는 기간이었다.

할머니의 유일한 피양육자였던 일곱 살의 나는 출구 없는 귀신 들린 집이나 마찬가지인 아르카디아에 함께 갇혀 그들의 유령이 조금씩 휘발되는 걸 지켜봐야 했다. 그곳에서 나와 유일하게 말이 통했던 존재는 양쪽 귀에 파란 리본을 하나씩 달고 꽃무늬 우주복을 입은 핑크색 토끼와 베이비시터인 사립 탐정 게임 캐릭터뿐이었다. 그때

나의 심정을 이해할 수 있다고 생각한다면, 당신은 지금까지 내가 한 이야기를 제대로 듣지 않은 것이다.

레스토랑은 적당히 한산했다. 무대에서는 밴드가 스윙 음악을 연주했고 정장 차림에 뿔테 안경을 쓴 불곰 웨이터들이 테이블 사이를 돌아다녔다. 진짜 인간은 네 명 정도 같았다. 같은 테이블에 앉아 말없이 음식에 집중하고 있는 소행성 연방 우주군 제복 차림의 여자 둘과 AI인 게 분명한 세 여자에게 낮은 목소리로 투덜거리고 있는 남자 거인, 그리고 바에 쪼그리고 앉아 정체불명의 파란 액체가 든 잔을 노려보고 있는 흑백영화 조연 같은 깡마른 남자. 저들만 있었다면 우울했을 것이다. 하지만 군데군데 자리 잡은 AI 손님들이 분위기를 적당히 중화해주고 있었다.

나는 말라고르 고기를 넣고 끓인 만탈리아 스튜를 느릿느릿 떠먹었다. 음식 맛은 훌륭했지만, 목으로 넘긴 뒤 기분이 조금 안 좋았다. 몸 설정 조정이 완전히 끝났다고 생각했지만 아니었다. 음식을 입에 넣고 목구멍으로 넘길 때까지는 인공 감각이 완전히 흉내 낼 수 있지만 이게 포만감으로 이어질 때는 실제 위와의 협조가 필요하다. 그런데 나에겐 위가 없었다. 적어도 한동안은.

설정을 다시 재조정하면서 나는 불타 사라진 내 장기들에게 작별 인사를 보냈다. 나는 그들을 비교적 잘 대우해준 편이었다. 언제나 영양사 프로그램이 제조한 우주식만 정량으로 먹었고 식도락을 포함한 위험한 쾌락은 가상현실에서만 즐겼다. 항상성 유지 약물과 소행성대의 험악한 환경이 벌이는 끝없는 투쟁 중에는 언제나 우아한 중도를 지켰다. 그래봤자 지구인들보다는 10년 정도 수명이 짧았고 병치레도 잦았지만 그걸 불평하는 사람을 본 적은 없었다. 어차피 1세기 이상 사는 건 지치는 일이었고 그런 고민을 하려고 멈추어 서기엔 모두가 바빴다. 한가한 지구인들과는 달리 우리는 진공 속 먼지들 위에 새로운 세계를 건설 중이었다.

한 줌밖에 안 되는 돌과 금속과 얼음으로 지어진 세계지만 소행성대의 영토는 지구와는 비교할 수 없을 정도로 광대하다. 종종 7AU까지 멀어지는 이웃들과 맺는 정치적 동맹은 지구 위 국가들의 관계와는 전혀 다를 수밖에 없다. 무엇보다 지구인들은 광속 한계 때문에 다른 나라와의 통신에 그렇게까지 애를 먹지는 않는다. 세종 연합의 한국어 사용자들은 광속 한계가 소행성대의 정치적 현상에 끼치는 영향을 가리켜 몽글몽글효과라고 부르는데, 이를 그럭저럭 정확하게 번역할 수 있는 외국어 단어가……

문이 열리고 새 손님이 식당 안으로 들어왔다. 나와, 내가 인간이라고 짐작한 네 명의 손님의 시선이 일제히 출입구 쪽을 향했다. 구식 양복 차림에 금테 안경을 낀 남자였다. 유럽계인 듯했고 듬성듬성한 백발에 키가 컸으며 뚱뚱했다.

뚱뚱한 건 충분히 있을 수 있는 일이었다. 물리 우주의 소행성대엔 뚱뚱한 사람은 거의 없거나 전혀 없다. 비만은 우리가 감당하기 어려운 사치이다. 하지만 가상현실 안에서 우린 뭐든지 될 수 있다. 저 손님이 푸짐한 저녁에 어울리는 고풍스러운 뚱보 모습의 아바타를 취했다고 이상하게 볼 일은 없다. 입고 있는 낡은 양복도 20세기 초

중반쯤의 디자인으로 보였다.

하지만 비척거리며 나에게 다가오는 모습은 좀 이상했다. 뚱뚱한 것과 별개로 불편하고 아파 보였다. 불그스레한 이마와 볼에는 땀이 맺혀 있었고 흐느적거리는 굵은 다리엔 힘이 없어 당장이라도 쓰러질 것 같았다. 남자는 자기가 입고 있는 아바타의 불편함을 온몸으로 호소하고 있었다. 이 해석에 한 가지 문제가 있다면 아바타와 사용자의 관계는 물리 우주 속 몸과 정신의 관계와 많이 다르다는 것이었다. 불편하고 고통스러워 보이는 행동이 정말로 불편함과 고통을 의미한다는 법은 없다.

남자는 내 테이블 앞에 섰다. 땀 냄새와 위스키 향이 섞인 악취가 확 밀려왔다. 부푼 뱃살에 밀려 거의 터져버릴 것 같은 지저분한 셔츠와 축 늘어진 바지, 그 위에 걸쳐진 낡은 가죽 허리띠가 내 시야에 들어왔다. 나는 스푼을 내려놓고 억지로 고개를 들었다.

"배승예 시민? 나는 철학 박사 코닐리어스 윌버 그린이라고 합니다. 시민에게 긴히 할 말이 있어서 왔습니다."

쩌렁쩌렁한 콘티넨털 악센트의 영어가 내 고막을 찔렀다. 내가 채 대답을 하기도 전에 남자는 의자를 당겨내어 털썩 주저앉더니 보닛을 쓴 노란 병아리 네 마리가 그려진 손수건을 꺼내 얼굴을 대충 닦고는 그걸로 요란하게 코를 풀었다.

배우구나, 나는 생각했다. 길거리나 식당에서 빈자리를 채우고 분위기를 살려주는 엑스트라가 아니다. 그들은 저렇게 대놓고 튀지 않는다. 무대에서 개성적인 캐릭터를 연기하는 전문 AI다. 예술가, 적어도 예술가 아바타다.

아르카디아에서 공연 예술가들은 흔해 빠졌다. 시내 이곳저곳에 있는 공연장들을 채워야 하니까. 진짜 사람도 없지는 않겠지만 대부분 AI다. 그리고 이 예술가들은 대부분 무대에서만 존재한다. 화성 식당에서 캐릭터를 연기하며 고래고래 고함을 질러대는 배우는 동물원에서 탈출한 코끼리만큼이나 어울리지 않았다.

내가 이 정체불명의 현상을 해석하려 머리를 굴리는 동안, 코닐리어스 윌버 그린은 콧물이 묻

은 노란 병아리 손수건을 대충 말아 앞주머니에
쑤셔 넣고 양손 깍지를 끼더니 몸을 앞으로 수그
리며 물었다.

"거북이에 대해 아십니까?"

"등껍질 있는 파충류요?"

내가 되물었다.

"아니, 그걸 말하는 게 아닙니다. 우리가 아는
모든 우주를 지탱하는 위대하고 거룩한 존재를
말하는 겁니다. 모르실 리가 없을 텐데요?"

"그럼 거북이 밑에는 뭐가 있는데요?"

"모든 것이 위에 있다고 말하지 않았습니까?
아무것도 없습니다. '밑'도 없어요! 왜 우주를 3차
원적으로만 생각합니까?"

그 뒤로 15분 넘게 이어진 우주와 거북이와 인
간 존재의 당위성에 대한 장광설은 황당하고 한
심했지만 의외로 논리가 맞았다. 단지 그린이 논
리를 구성하기 위해 동원한 재료들은 20세기 초
반의 엉성한 대중 과학과 그 무렵 서양 사람들 사
이에 유행했던 동양철학의 헛소리들로 구성되어
있었다. 헛소리 중에서도 죽은 헛소리였다. 무엇

보다 내가 저녁을 먹다 말고 그 이야기를 들어야 할 이유는 티끌만큼도 없었다. 나는 이 당연한 사실을 주지시키려고 했지만 남자는 끼어들 틈을 주지 않았다.

나는 나에게만 보이는 개인 검색창을 열고 '코닐리어스 윌버 그린'을 입력했다. 코닐리어스 그린도 있었고 코닐리어스 윌버도 있었고 윌버 그린도 있었고 코닐리어스 윌버 그린도 없지는 않았다. 하지만 그들 중 누구도 지금 내 앞에서 다채로운 헛소리를 늘어놓고 있는 남자와 겹쳐지지 않았다.

포기한 나는 이름 대신 얼굴을 검색했다. 이번엔 결과가 조금 더 그럴싸했다. 로건 브로디란 21세기 배우가 걸렸는데, 이 사람은 2039년부터 2048년까지 방영한 미국 SF 시리즈 「스타 트렉 : 디파이언트」에서 포틴브라스 그라프라는 캐릭터를 연기했다. 그라프는 1930년대 시카고의 주정뱅이 신문기자로, 과거로 시간 여행 온 USS 디파이언트의 승무원들을 화성에서 온 침략자라고 착각한다. 스틸 사진을 보니 그라프는 코닐리어스 윌버 그린과 그럴싸하게 닮아 있었다. 가장 결정적인 연결고리는 병아리 손수건이었다. 이 손수건은 그라프의 딸 코딜리아의 것으로, 에피소드가 끝나기 7분 전에 칼라 윤 부함장의 총상 출혈을 막는 데에 사용된다.

좋아, 공연 예술 AI가 언젠가 써먹을 수 있을 것 같은 21세기 드라마 캐릭터의 연기 패턴과 외모를 따와 아바타를 만들고 새 이름을 붙여주었군. 하지만 그게 왜 지금 내 앞에 앉아서 거북이에 대한 헛소리를 떠들어대고 있는 것일까? 그리고 저 아바타 안에는 뭐가 들어 있는 것일까? 저것은 어떻게 내 이름과 얼굴을 알고 있는 것일까?

내가 머리를 굴리는 동안 그린의 목소리는 점점 높아졌고 그와 함께 이야기는 지루해졌으며 같은 말들이 반복되었다. 그가 거북이 머리와 인간 남자 성기의 흔해 빠진 비교로 만족하지 못하고 신과 거북이의 성관계를 장황한 디테일을 섞어가며 묘사하기 시작하자, 나는 더 이상 참을 수 없어 자리에서 일어나 말을 막았다.

"그런 박사님, 아무리 생각해도 제가 박사님의 이야기를 듣고 있어야 할 이유를 모르겠군요. 흥미롭기는 한데, 저와는 전혀 상관없지 않습니까? 어떻게 저를 알고 계신지는 잘 모르겠지만, 제가 여기 있다는 사실을 알고 오신 것이라면 제가 최근에 겪은 사고에 대해서도 들으셨겠지요. 전 지금 휴식이 필요하고 저녁도 마저 먹고 싶습니다."

그런은 꿈쩍도 하지 않았다. 대신 그는 왼쪽 눈을 꿈틀거리며 나에게 윙크 비슷한 것을 던졌다.

"바로 그래서 온 것입니다. 그 사고요! 테레시코바요! 테레시코바가 바로 거북이란 말입니다!"

"박사님은 지금 거북이란 단어를 저와 다르게 이해하시거나 지나치게 무리한 비유를 쓰시는 것 같군요."

"아닙니다, 전 멀쩡합니다. 술주정뱅이라고 아내에게 이혼당했고 딸도 빼앗겼지만 알코올과 상관없이 제 머리는 수정처럼 깨끗하고 시계처럼 잘 돌아갑니다. 테레시코바는 거북이이고 우린 테레시코바 위에 있습니다. 모든 것. 지구, 시카고, 아르카디아, 이천, 세종 연합, 소행성대 연방,

태양계, 글리제 581 모두가요."

"하지만 지금 테레시코바는 존재하지 않아요. 파괴되었으니까요. 그렇다면 우주 밑에는, 그러니까 바깥에는 뭐가 있지요?"

그린은 다시 왼쪽 눈을 꿈틀거리며 윙크를 시도했지만, 이번에도 잘되지 않았다. 그는 다시 거북이와 우주를 묶으려는 헛소리를 시도하려 입을 벌렸고 그 순간 정지했다. 몇 초 전까지만 해도 물결처럼 출렁이던 온몸의 지방이 갑자기 돌처럼 굳어버렸다. 유일하게 살아 움직이는 건 아직도 희미하게 떨리는 왼쪽 눈가의 근육뿐이었다. 그리고 1초도 지나지 않아 그의 몸은 수만 개의 자잘한 사면체로 분해되어 바닥에 쏟아져 내렸다.

목요일

1

글리치 없는 가상공간은 없다. 양로원은 더욱 그렇다.

뒤늦게 식당으로 달려온 시청 처리반은 철학박사 코닐리어스 월버 그린의 극적인 해체 역시 아르카디아에서 매일 일어나는 초자연현상 중 하나라고 내가 믿어주길 바라는 모양이었다. 나는 고개를 끄덕이며 그들의 말을 받아주었지만 정말로 나를 믿었는지는 알 수 없었다.

아르카디아의 글리치 제거 과정은 지극히 비능률적이다. '현실 환상 유지'의 제한 때문이다. 이 도시에서 공식적으로 벌어지는 일들은 될 수 있는 한 물리법칙의 연속성을 깨지 않는 척하며 진행되어야 한다. 그 때문에 글리치가 발생하면 빨간 모자를 쓰고 회색 제복을 입은 시청 소속 AI들이 우르르 몰려들어 사고 공간에 보호막을 치고 주변에 스프레이를 뿌리는 꼴을 보게 된다. 출동한 직원 중 한 명은 심지어 바로 전까지 그린의 몸을 이루었던 사면체들을 빗자루로 쓸어 쓰레받기에 담고 있었다.

처리반의 작업은 아르카디아나 엘리시움과 같은 양로원 도시에 모이는 한가한 관광객들이 쫓아다니는 구경거리 중 하나이다. 도시 여기저기에 유령들이 출몰하고 제복 입은 공무원들이 그 난처한 상황을 수습하려고 따라다닌다. 처리반 직원들은 모두 평균 키보다 작고 (소행성대 기준으로 보면 더 작다) 동글동글 귀여운 인상에 실수투성이이고 수다스러운데, 모두 의도적이다. 도시는 처리반의 작업이 무성영화 시대 코미디처럼 보이고 싶어 한다. 심지어 그들의 말과 행동은 보통 사람들보다 10분의 1 정도 가속되어 있다. 보글보글 와글와글 우당탕탕.

아무도 그런 이미지 메이킹에 속지 않는다. 아르카디아가 양로원이라는 사실, 글리치가 하나의 정신이 소멸해가는 과정이라는 사실을 감출 수는 없다. 도시는 그저 적당한 코미디를 섞어 양로원의 우울함을 적정 수준으로 줄이고 싶을 뿐일지도 모른다.

어렸을 때 나는 양로원을 찾는 관광객들이 유령들보다 더 무서웠다. 유령들이 존재하는 건 어쩔 수 없다. 이곳을 찾은 노인들이 소멸하기 위해 거치는 과정이니까. 우아하게 안개처럼 사라지는 사람들도 많지만, 절반 이상은 덜컹거리며 글리치 단계를 거친다. 하지만 그런 늙은이들의 정신이 부서져가는 걸 구경하러 머나먼 소행성을 찾는 사람들은 도대체 뭐란 말인가. 그들에겐 죽음이, 소멸이, 그 과정 중 발생하는 불쾌한 현상이 재미있는 것일까?

처음 관광객들과 마주쳤던 때가 생각난다. 아르카디아에 도착하고 딱 사흘째 되던 날이었다. 할머니는 소파에 늘어져 독일어 오디오 드라마를 듣고 있었고 나는 끊임없이 생성되어 콘 위로 올

라오는 멜론 아이스크림을 핥으며 낯선 도시를
방황했다. 시티를 끝도 없이 빙빙 돌았고, 당시엔
아르카디아에서 가장 높았던 코른골트타워 안 에
스컬레이터를 타고 올라갔다 내려갔다를 반복했
으며, 전차와 지하철을 타고 직선 순환선의 기적
을 체험했다. 아직 할머니의 정신이 덜 무너졌고
토끼 시장이 새 사무실에서 곰 인형을 만지작거
리며 빈둥거리던 라다를 끌고 와 베이비시터로
붙여주기 전의 일이었다.

  그들은 광장 주변 벤치에 앉아 있었다. 여자 하
나에 남자 둘이었다. 모두 유럽계처럼 보였다. 여
자는 갈색에 가깝게 태닝한 피부에 가발 같은 금
발, 빨간 꽃무늬가 들어간 하얀 원피스 차림이었
고 선글라스를 썼으며 거의 필터까지 탄 담배를
물고 있었다. 남자 중 뚱뚱한 쪽은 오색찬란한 하
와이안 셔츠와 갈색 반바지를 입었는데, 핑크색
다리에 노란 털이 부숭부숭했다. 이들의 아들이
나 조카처럼 보이는 야구 모자를 쓴 남자는 비쩍
말랐고 파란 피자 배달부 유니폼 차림이었다. 그
들 옆에는 뚜껑이 열린 피자 박스가 놓여 있었고

남자들은 반쯤 뜯어 먹은 피자와 찌그러진 콜라 캔을 양손에 하나씩 들고 있었다. 까치와 다람쥐가 그들 주변을 맴돌았다. 코닐리어스 윌버 그린을 만나기 몇 시간 전 내가 광장에서 보았던 바로 그 동물들이었다. 아르카디아에서 AI 동물들의 수명은 영원하기에.

나는 그들의 정체를 몰랐다. 그 우스꽝스러운 아바타들이 20세기 중반 백인 미국인 가족을 엉성하고 위악적으로 패러디한 것이라는 것도, 그들 중 누구도 실제로는 저런 모습을 하고 있지 않다는 것도 몰랐다. 내가 알 수 있는 건 그들이 지구인 또는 금성인이라는 것이었다. 피자 한 판을 비우고 주섬주섬 쓰레기를 챙기며 일어나는 그들의 동작만 봐도 알 수 있었다. 현실 세계에서도 1g의 중력을 당연하게 여기는 사람들 특유의 자연스럽고 느긋한 동작.

여자와 눈이 마주쳤다. 나는 내가 눈에 뜨일 수밖에 없는 존재라는 걸 알았다. AI가 아닌 진짜 아이는 그 광장에서 나 하나뿐이었다. 내가 그들을 알아본 것처럼 그들도 나를 알아보았다. 햇빛

처럼 반짝거리며 까르륵거리는 환상 속의 아이들
사이에 어정쩡하게 선 불안한 어린 짐승과 같은
나를.

여자는 나에게 다가왔다. 무릎을 굽히고 몸을
낮추는 동안 얼굴이 잠시 정지했다. 당시엔 언어
에이전트를 바꿀 때 2초 정도 딜레이가 있었다.

"안녕하세요, 시민. 여기 사나요?"

얼굴이 다시 풀린 여자가 표준 한국어로 묻자
나는 손가락을 세 개 펴고 말했다.

"3일 되었어요."

"그렇구나. 우리는 지구에서 왔어요. 자카르타
라는 곳을 아나요?"

내가 고개를 끄덕이자 여자는 선글라스를 살짝
내렸다. 더러운 바닷물처럼 탁한 파란 눈이 나를
보고 있었다.

"우린 여기 관광하러 왔어요. 여기엔 지구에는
없는 것들이 있거든요. 그게 뭔지 아나요?"

"몰라요."

"이곳 사람들은 지구에서처럼 죽지 않아요. 전
태양계에 이런 곳은 단 세 곳뿐이지요. 아르카디

아, 엔디미온, 엘리시움. 왜 그런지 아나요?"

내가 고개를 젓는 동안 뒤에서 피자 배달부가 낯선 언어로 여자에게 뭐라고 외쳤다. 여자는 짜증 섞인 표정을 지으며 같은 언어로 짧게 받아쳤다. 무슨 소리인지 알 수 없었지만 나는 그들의 나이가 겉보기와 많이 다르다는 사실을 눈치챘다. 내 앞의 여자 모습을 한 존재가 여자가 아닐 수 있다는 사실도.

여자는 다시 나에게로 고개를 돌리고 말을 이었다.

"죽는 건 무섭잖아요. 영원히 사는 것도 무서워요, 그렇죠? 그리고 태양계 대부분의 곳에서는 그 둘밖에 허용하지 않지요. 하지만 여기 소행성대에는 다른 선택이 있어요."

사이렌 소리를 배경으로 한 짤랑짤랑 종소리가 서서히 커졌다. 아르카디아 시청 처리반 마크가 달린 빨간색 소방차가 북쪽 대로를 타고 느릿느릿 광장을 향해 달려왔다. 소방차의 모습은 흐릿했고 아지랑이처럼 흔들렸다. 커다랗고 투명한 무언가가 나와 소방차 사이에서 날고 있었다.

여자가 아직 불이 꺼지지 않은 꽁초를 검지로 튕겨 던졌다. 꽁초는 광장 포석에 닿는 순간 색을 잃고 하얗게 얼어붙었다가 가루 하나 남기지 않고 승화되었다.

"재미있는 것을 보여줄게요."

여자는 내 왼손을 잡고 소방차를 향해 뛰었다. 얼떨결에 딸려 간 내 오른손에서 아이스크림콘이 떨어졌다. 땅바닥에 닿은 아이스크림이 천천히 사라지며 나는 차르륵 소리가 들렸다. 광장을 얼쩡거리던 주변 사람들도 서서히 우리와 같은 방향으로 뛰기 시작했다.

광장 북쪽 끝에 도착했을 때에야 나는 그 투명한 것의 모양을 볼 수 있었다. 여자 모양을 한 커다란 비닐 풍선 또는 비닐 풍선 모양을 한 투명하고 커다란 여자였다. 지름이 10m 가까이 되었고 5m 상공에서 따라오는 소방차와 거의 비슷한 속도로 날고 있었다. 여자의 얼굴은 그리스 연극용 가면처럼 입을 딱 벌린 채 굳어 있었다. 우산처럼 둥글게 부푼 드레스는 주변을 떠도는 수백 개의 반딧불이처럼 작고 파란 불꽃에 조금씩 타 들어가고 있었다.

다른 소행성의 가상현실이라면 그렇게 놀라운 구경거리가 아니었을 것이다. 하지만 아르카디아는 온갖 일들이 일어나는 게 당연한 다른 곳들과 사정이 달랐다. 이곳은 현실을 흉내 내는 곳이지 꿈을 흉내 내는 곳이 아니다. 무언가가 잘못되어 있었다.

간신히 풍선 여자를 앞지른 소방차는 광장 한가운데에서 멈추었다. 여섯 명의 처리반 직원들이 차에서 튕겨 나오더니 발레리나처럼 한쪽 발로 콩콩거리며 균형을 잡았다. 소방차가 뿜어낸 여섯 줄의 호스를 하나씩 잡은 직원들은 풍선 여자를 겨누고 비누 거품을 뿜어댔다. 한둘은 바닥에 떨어진 거품을 밟고 미끄러져 엉덩방아를 찧었지만, 다시 진지한 표정으로 일어나 공격에 참여했다.

거품을 맞은 풍선 여자는 비명을 지르며 조금씩 소멸해갔다. 여자는 풍선처럼 오로지 표면만이 존재하는 것 같았다. 녹아 사라지는 드레스와 이제 바람에 날려 하늘거리는 죽은 얼굴 밑에는 아무것도 없었다. 5분 정도 지났을까. 여자가 떠 있던 허공엔 거품에서 떨어져 나온 비눗방울들만 떠다녔다. 처리반은 구경꾼들에게 인사를 했고 사람들은 환호를 보내며 박수를 쳤다. 박수가 잦아들자, 그들은 콧노래를 흥얼거리며 아까까지 거품을 뿜어댔던 호스로 바닥에 고인 비눗물을 빨아들였다.

관광객 여자가 손가락 끝으로 내 어깨를 톡톡 쳤다. 지나치게 희어서 거의 없는 것처럼 보이는 하얀 이 때문에 여자의 미소는 가짜 같기 그지없었다.

"보았어요? 이게 아르카디아에서 일어나는 일이에요."

여자가 말했다.

남자 둘이 다가와 여자에게 달라붙었다. 뚱뚱한 남자는 아무 표정이 없었지만 피자 배달부는 화가 난 것처럼 보였다. 두 사람은 요란하게 양팔을 휘두르며 싸우기 시작했고 뚱뚱한 남자는 반쯤 탄 커다란 시가를 꺼내 성냥으로 불을 붙였다.

나는 그들을 버려두고 소방차 쪽을 향해 걸어

갔다. 풍선 여자는 사라졌지만, 소방차 주변에는 아직도 희미한 비명이 남아 있었다. 처리반은 그 비명을 감추려고 일부러 콧노래를 불렀다. 지금까지 벌어진 비누 거품과 풍선의 소극은 더 이상 우스꽝스럽지 않았다. 흔해 빠진 디지털 이미지와 사운드의 조합 이상의 무언가가 그 밑에서 진행되고 있었다.

그리고 세 관광객을 포함한 광장의 모든 사람은 그 사실을 알고 있었다.

　소행성대의 양로원 셋이 '다른 선택'을 독점하던 시절은 오래전에 끝났다. 당시에도 그게 언제까지나 유지될 거라고는 생각하지 않았다. 인간 정신의 순수성에 대한 집착과 서서히 다양한 주체성을 만들어내며 독립하기 시작한 인공지능에 대한 두려움이 교차하던 시절이었다. '다른 선택', 즉 보통 마더라고 불리는 거대 인공지능 안에서 영혼을 서서히 녹이며 뇌 속의 정보를 넘기는 건 많은 인간에게 굴복이자 배반처럼 보였다.

　소행성대는 예외였다. 우리는 인간 영혼의 순수성에 고민할 여유 따위는 없었다. 생존을 위해

서라면 뭐든지 해야 했다. 당연히 인간의 기계화 비율은 태양계 다른 어디보다 높았다. 그리고 일단 몸이 바뀌기 시작한다면 정신도 바뀔 수밖에 없다. 우리의 육체는 뇌의 연장이기에. 이런 식으로 살아온 개체들이 1차 수명을 끝내기 전에 마더의 싱귤래리티에 자신을 던지는 건 자연스러운 일이었다. 수정란 때부터 4년을 2.5배 가속된 속도로 가상현실 안에서만 보낸 공장 생산 세대가 늘어나면서 이런 욕망은 더 당연한 것이 되었다.

양로원은 죽으러 가는 곳이 아니다. 존재의 상태를 바꾸는 곳이다.

여전히 많은 이들이 인공지능 세계의 경계선 끝에서 무슨 일들이 일어나고 있는지 수상쩍은 눈으로 주시하고 있지만 더 이상 '순수한 인간 정신'에 대한 망상은 없다. 19세기 러시아 소설가들이 두툼한 책을 통해 장엄하게 그렸던, 욕망과 이성 사이를 진자처럼 오가는 영리한 짐승은 이제 절대다수가 아니다. 여전히 인간은 불완전하고 위태롭고 한심하고 어리석고 드물게 아름답지만, 톨스토이가 보고 그렸던 길만을 따르지는 않는다. 인간 정신의 영역은 더 넓어졌고 선택의 수는 커졌으며 이제 당연한 것은 없다. 순수한 인간과 순수한 기계 사이의 경계선은 흐릿하며 웬만한 순수 인간보다 더 톨스토이 주인공처럼 구는 기계와 웬만한 순수 기계보다 더 냉담한 인간들도 얼마든지 있다. 이들 사이에서 '톨스토이'가 어떤 의미로 쓰이고 있는지까지 내가 굳이 설명할 필요는 없다고 믿는다.

'다른 선택'이 일반화되었다고 해서 아르카디아가 평범해진 것은 아니다. 동일한 마더는 존재하지 않기에 모든 양로원은 각각의 방식으로 독특하다. 광속 한계 때문에 그 차별성은 더 커진다. 양로원들이 늘어날수록 관광객들도 늘어났다. '양로원 관광'이라는 개념이 만들어진 것이다. 소행성대의 세 양로원은 가장 오래되었기 때문에 그중에서도 인기가 있다. 관광객들에게 아르카디아는 양로원 관광 세계의 아테네이자 로마이다.

그리고 그들 중 일부는 이 세계에 소멸하러 돌아온다.

내가 머무는 호텔 침대 옆 협탁 서랍 안에도 아

르카디아 시청에서 제공한 사후 세계에 대한 한국어 안내서가 들어 있다. 조악한 재생지에 인쇄된 손때 묻은 48페이지짜리 얇은 팸플릿이다. 걱정스러운 표정의 통통한 정장 차림의 핑크색 남자가 아르카디아 사후 세계에 대한 질문을 하면, 은근슬쩍 리샤르 중장을 닮은, 키가 3m쯤 되어 보이는 다갈색 여자가 답변을 하는 내용이 대부분을 차지하고 나머지 2페이지는 주석이다. 내가 알기로 이 도시엔 똑같은 안내서가 하나도 없다. 어떤 것은 기드온 성경처럼 두툼하고 어떤 것은 낡은 신문지 한 장이며 어떤 것은 이집트 파피루스를 흉내 낸 두루마리다. 내용이야 다 비슷비슷하지만.

내 팸플릿엔, 다들 궁금해하는 글리치에 대한 이야기가 42페이지부터 나온다.

남자 : 전환 과정은 고통스럽지 않은가요?

여자 : 전환이 시작되면서부터 여러분은 모든 고통과 공포로부터 서서히 해방됩니다. 전환 당시 오예누시지수에 따라 약간의 차이는 있습

니다. 하지만 물리 우주나 다른 가상현실에서 느끼는 수준의 고통과 공포는 없어요.

남자 : 하지만 전환 과정 중 발생하는 글리치는 요?

여자 : 이렇게 설명하면 이해하시기 쉬울까요? 글리치는 옷을 벗어 던지는 과정입니다. 전환 과정 중 고통, 불안, 공포, 혐오와 같은 부정적인 것들이 하나씩 떨어져 나가는 것이죠. 글리치 과정이 극적일수록 해방감은 더 큽니다.

믿거나 말거나. 하지만 소행성대 사람들은 대부분 글리치에 개의치 않는다. 지루함보다 공포와 고통이 낫다고 느끼는 부류니까. 어차피 개별 인격으로서 비슷한 삶을 계속 살 바에야 다소 고통스럽다고 해도 다른 단계로 건너뛰는 게 낫다. 다들 각자 알아서 선택할 일이다.

단지 자길 할머니라고 부르는 꼬마 애를 데려와 그 과정을 구경하게 해서는 안 된단 말이다.

3

아침에 일어난 뒤로 나는 코닐리어스 월버 그린을 추적하며 바쁘게 보냈다. 어떻게 된 일인지 궁금하기도 했지만, 무엇보다 집중할 무언가가 필요했다. 프린트되어 조립되는 내 새 몸이 두뇌에 자꾸 오류 메시지를 보냈고 일부는 5분에 한 번꼴로 필터를 통과하며 내 가상 신경을 자극했다. 가만히 있는 건 짜증 나고 고통스러웠다.

짐작했던 대로 그린은 포틴브라스 그라프를 연기한 로건 브로디의 연기 아바타였다. 연기 패턴이 디폴트로 깔려 있기 때문에 그 아바타를 입은 사용자가 한 말과 행동은 브로디의 연기를 통해 과장되게 표현된다. 표정, 제스처, 억양뿐만 아니라 대사나 행동 자체가 바뀐다. 그 때문에 주의하지 않으면 사용자는 아바타의 개성에 끌려들어가게 된다.

왜 포틴브라스 그라프의 아바타가 코닐리어스 윌버 그린이라는 이름을 뒤집어쓰고 나타났는지도 알 것 같았다. 그라프는 아르카디아가 가장 최근에 생성한 배우 아바타였다. 그린을 뒤집어쓰고 내 앞에 나타난 그 누군가는 아바타들이 들어있는 상자의 뚜껑을 열고 아무 생각 없이 가장 위에 있는 것을 가져온 것이다. 단지 사용자 기록을 남기지 않으려면 우회로가 필요한데, 코닐리어스 윌버 그린이라는 이름이 이를 위해 쓰인 것 같았다. 약간 수를 써서 조사해보니 이 이름을 써서 기록을 남기지 않고 아바타를 복사해 식당까지 끌고 올 수 있는 길이 네 개 정도 있었다. 그 사용자는 어느 것도 쓰지 않았을 것이다. 발각된 즉시 처리반이 구멍을 막아버렸을 테니. 내가 발견한 루트도 곧 막힐 게 뻔했다.

정리해보자. 인간인지 AI인지, 그 중간의 무엇

인지 알 수 없는 누군가가 「스타 트렉」 캐릭터의 아바타를 빌려 나에게 메시지를 전달하려 했다. 하지만 포틴브라스 그라프의 아바타가 가진 개성의 힘이 워낙 강했고 역시 내가 알 수 없는 이유로 아바타를 통제하기가 힘들었기 때문에 그 메시지는 더럽혀지고 파괴되었다.

도대체 무슨 이야기를 하려고 했던 거지? 나는 그라프가 나오는 「스타 트렉 : 디파이언트」 에피소드를 두 번 연속으로 보고 그라프의 개성이 영향을 끼쳤을 헛소리들을 하나씩 지웠다. 하지만 처음부터 끝까지 헛소리의 연속이라 다 지워내면 남는 게 없었다. 테레시코바는 우주를 지탱하는 거북이다? 이게 말이 돼? 이게 무슨 암호가 될 수 있다는 거야?

의미가 있다고 치자. 왜 그린은 이 메시지를 나에게 전하려 했지? 나는 스위스 군용 칼처럼 이것저것 조금씩 할 줄 아는 엔지니어 출신 영토부 중간 관료다. 아무 데나 불려 가도 맡은 일은 그럭저럭 다 해치우지만 그뿐이다. 지위가 특별히 높지도 않고 영향력이 크지도 않으며 내가 아는 건 다른 모두가 안다. 지금 나에게 특별한 뭔가가 있다면 그것은 테레시코바의 유일한 생존자라는 것이다.

나는 반쯤 먹다 만 초콜릿 아이스크림 케이크 위에 올려져 있는 체리를 노려보며 생각에 잠겼다. 아이스크림 케이크는 소행성대의 우주 공간이, 체리는 테레시코바가 되었다. 노려보고 있자니 체리가 빙빙 돌다가 폭발할 것 같았다.

필리파 리샤르와 연방 우주군은 테레시코바 사건에 대해 뭔가를 은폐하고 있다. 여기까지는 당연한 일이다. 굳이 머리를 굴릴 필요도 없다. 그 사람들은 그런 일을 하라고 봉급을 받는다.

그들은 나에게 무엇을 숨기고 있는 것일까. 내게 동료들을 희생해가며 구출할 만한 가치가 있었을까. 아무리 생각해도 나는 그럴 만큼 재미있는 사람이 아니었다. 내가 재미있을 이유가 있다면 둘 중 하나다. 재미있는 무언가가 내가 모르는 사이에 나에게 붙었거나 내가 내가 아니거나.

잠시 후자가 당겼다. 이게 20세기 영화 속이라면 그게 답이었을 것이다. 연방 우주군이 나라고 들고 온 것은 몸이 다 타버린 머리뿐이었으니, 그 안에 든 무언가가 자신을 배승예라고 믿는다고 해서 사실이라는 법은 없다. 이 생각은 어느 정도 매력적이기도 했다. 내가 지난 몇십 년 동안 억지로 끌고 다녔던 배승예의 삶을 벗어던지고 새로운 무언가가 되어 다시 시작할 수 있다면.

나는 아쉬워하며 그 답을 포기했다. 배승예는 그렇게 쉽게 모사할 수 있는 존재가 아니었다. 여기저기 백업 기억을 남겨놓는 스타일도 아니고 내 기억은 배승예가 지금까지 태양계 이곳저곳에 남겨놓은 흔적들과 일치했으며 그에 대해 오직 나만이 알 수 있는 답을 갖고 있었다. 그 역시 공들여 조작되었을 가능성도 있었지만 아무래도 아닌 거 같았다. 난 그렇게까지 중요한 정보를 갖고 있는 사람도 아니고, 연방 우주군이 뭔가 음모를 꾸미고 있다면 이보다 시간과 에너지가 절약되는 길을 택했을 것이다. 그건 리샤르가 무슨 음모를 꾸미고 있건, 난 곧 다시 하던 일로 돌아가야 한다는 뜻이다. 벌써부터 내 동료들이 나에게 업무 관련 메일을 보내기 시작했다. 동료가 여객선 사고를 당해 머리만 달랑 남았다면 최소한 새 몸이 생길 때까지 기다려주는 게 상식이거늘, 영토부 직원들은 예의를 모른다.

영토부에서 내가 무슨 일을 하는지 설명할 필요가 있겠다. 소행성대는 기본적으로 작은 돌덩어리들이 떠도는 2억km 너비의 도넛처럼 생긴 거대한 빈 공간이다. 언어와 문화 기반으로 묶이는 수많은 연합들이 이 안에 존재하고 이들 중 교역 없이 자생이 가능한 곳은 아직까지 극소수다. 그리고 이 세계의 지도는 거의 일기예보 수준으로 바뀐다.

그렇다면 이 상황에서 소행성들의 궤도를 인위적으로 통제하는 것이 중요해진다. 이웃의 기점 소행성들을 1몽글, 그러니까 5광분 거리 안에 묶어도 그 이익은 엄청나다. 반대로 같은 연합 소속 기점 소행성들을 최대한 멀리 보내는 것이 유리할 때도 있다. 많이들 이를 3차원 바둑에 비교하는데, 아주 정확한 비교는 아니다. 영토를 빼앗고 넓혀서 이기는 단순한 게임이 아니기 때문에. 이웃 기점 소행성이나 주변 큰 행성의 소모품이 되

어 사라지는 작은 돌이나 얼음덩어리에 대해서는
말할 필요도 없겠다. 특히 뱀파이어처럼 늘 목이
말라 있는 화성 식민지 이야기를 하기 시작한다
면…….

하여간 소행성대는 소행성대 연방, 수많은 독
립 소행성과 연합, 주변 행성이 각각의 큰 그림을
그리며 수백 년에 걸친 긴 춤을 추는 거대한 댄스
홀이 된다. 그리고 나 같은 중간급 관료들은 이들
이 서로의 발을 밟지 않도록 돌과 돌 사이를 굴러
다녀야 한다. 언젠가 이들 모두가 안정된 원형 궤
도를 찾고 그들 사이의 공허하면서도 분주한 빈
공간이 정리되는 날이 올 것이며 내 직업도 사라
질 것이다. 하지만 난 그 미래가 상상이 잘 안 된
다.

상상할 수 없는 미래는 그 자리에 두고 하던 이
야기로 돌아가 보자.

한동안 머리를 쥐어뜯던 나는 혼자서 고민해봤
자 아무 소용이 없다는 결론에 도달했다. 거대한
음모가 존재한다면 나는 이미 정보를 차단당했을
것이다. 할 수 있는 것이라고는 근거 없는 음모론

을 만들어내는 것밖에 없다. 그리고 음모가들은 이미 그에 대비가 되어 있을 것이다. 내 말을 들어주고 생각을 보태줄 누군가가 필요하다. 그 누군가가 이런 일에 나보다 적임자라면 좋을 것이다. 토끼 시장? 음. 아무래도 좀 아닌 거 같았다. 마더와 지나치게 가까이 붙어 있는 존재는 곤란하다. 솔직히 시장이 마더의 핸드 퍼핏이 아니라는 증거는 어디에도 없지 않은가. 그렇다고 다른 친구들을 부르자니 다들 너무 멀리 있다.

결국 내 옛 베이비시터와 상의하는 수밖에 없었다.

실망스러울 정도로 따분한 답이었다. 아르카디아에서 나에게 무슨 문제가 생기면 라다 문 경위를 찾는 게 순서였다. 아르카디아의 한 줌밖에 안되는 개별자 경찰 중 한 명이었으니까. 이곳에선 범죄가 거의 일어나지 않고 (일어난다고 해도 사법부가 참견할 일이 아니다) 일반적인 경찰 업무도 개별 지성의 개입 없이 진행되었기 때문에 개별자는 그 정도로 충분했다.

라다 문은 원래 200년 전에 나온 「블러디 문」

이라는 추리게임 시리즈의 주인공이었다. 한동안 적당히 인기를 끌다가 퍼블릭 도메인으로 넘어 가 팬들 사이에서 다양한 변신을 거듭하던 이 캐 릭터의 변종 중 하나를 토끼 시장이 집어 와 개별 자가 필요한 잡일을 시키려 시경에 심은 것이다. 시경의 다른 개별자 경찰들도 마찬가지로 대부분 비슷비슷한 게임에서 가져온 한국계 캐릭터들이 었다. 이들 역시 마더의 관리를 받고 있을 가능성 도 없지는 않았지만 그래도 나는 옛 친구를 한번 믿어보기로 했다.

당시 도시엔 개별자가 부족했고 보호자를 잃어 가는 어린아이를 책임질 만한 전문가가 없었다. 토끼 시장이 그중에서 라다 문을 고른 이유는 단 하나였다. 「블러디 문」 원작에서 라다는 늘 어린 여자아이와 엮이는 경향이 있었다. 터프한 스팀 펑크 세계 사립 탐정이 어마어마한 음모를 캐다 가 위기에 빠진 여자아이를 구하고 친구가 된다 는 게 「블러디 문」의 반복되는 스토리 라인 중 하 나였다.

라다가 세상에서 가장 좋은 베이비시터였다고

는 말하지 못하겠다. 아이들과 어울리지 못하는 터프한 사립 탐정의 설정이 여전히 남아 있었던 터라 나와 함께 있는 동안엔 늘 뻘쭘해했다. 하지만 그때의 나를 생각해보면 나 역시 「블러디 문」 시리즈에 나오는 겁먹고 심술궂은 아이들과 특별히 다를 것도 없었다. 라다는 내 음식 중독을 고치지도 못했고 내 상실감과 공포를 제대로 다루지도 못했지만 그건 어쩔 수 없는 일이었다. 당시 나와 같이 있어준 것만으로도 충분했다.

남은 아이스크림 케이크와 글리터차를 마저 해치우고 카페에서 나왔다. 어제와는 달리 날은 맑았고 건물 구석마다 따뜻한 바람이 소용돌이치며 돌고 있었다. 광장엔 노란 유치원 원복을 입고 고양이 모자를 쓴 아이 둘이 용 모양의 연을 날리며 뛰놀고 있었고 정장 차림의 어른 다섯 명이 조각상처럼 굳은 자세로 우뚝 서서 그들을 바라보고 있었다. 모두 영혼이 3분의 2쯤 빠져나가고 없는 것 같았다. 저들 중 몇 명은 곧 처리반 신세를 지겠지.

시경 건물은 광장 맞은편으로 들어가 한 블록

더 걸으면 나왔다. 시립도서관과 헤르만카자크기
념센터 사이다. 시티 내의 독일 건물들이 그렇듯
조금 개성이 과장되어 있다. 그냥 경찰관들이 일
하는 곳이 아니라 스카르피아 남작 같은 드라마
틱한 오페라 캐릭터를 위한 세트장 같은 곳이라
고 할까.

서류철과 가방을 들고 분주한 척 뛰어다니는
경찰 AI들을 피해 계단을 타고 4층으로 올라갔다.
라다 문의 사무실은 계단 옆 동쪽 끝에 있었다. 혼
자만 조촐하게 낡은 나무 문에는 황동 글자들을
붙여 만든 이름만이 한글, 로만 알파벳, 키릴 알파
벳 순서로 붙어 있었다. 유달리 낡아 보이는 키릴
알파벳의 Д자만이 조금 삐딱하게 달려 있었다.

노크를 한 나는 대답을 기다리지 않고 문을 열
었다. 방은 내가 기억하고 있는 것보다 조금 더
낡아 있었다. 필립 말로가 스팀펑크 러시아에 살
았다면 썼을 법한 터프하고 묵직한 방이었다. 단
지 나무 책상 구석에 삐딱하게 앉아 있는 작은 벨
벳 곰 인형이 그 분위기를 살짝 깨고 있었다.

방 주인은 책상 위에 엉덩이를 걸치고 앉아 곰

인형과 함께 나를 바라보고 있었다. 막 외출에서 돌아왔는지 스트라이프 슈트 위에 19세기 러시아 군용 외투를 걸쳤고 머리 위엔 검정 뉴스보이 캡이 느슨하게 얹혀 있었다.

라다는 작았다. 내가 기억하는 것보다 작았지만 베라 그루시니츠카의 원래 디자인부터 작았다. 단호한 고양이 같은 얼굴과 작고 민첩한 몸. 페트로그라드의 덩치 큰 러시아 남자들과 맞서 싸우는 조그만 고려인 여자라는 게 캐릭터 설정이었다. 이제 나는 옛 베이비시터를 내려다볼 정도로 자라 있었지만, 이 디지털 세계에서 그게 무슨 의미가 있을까.

"어른이 되었구나."

라다가 말했다.

"응."

"사고를 당했다며?"

"머리가, 아니, 몸이 날아갔어."

"어느 기준에서 보느냐의 차이겠지. 어제 이상한 글리치를 겪었지? 그것 때문에 온 거니?"

"보통 의뢰인에게 사연을 길게 이야기할 시간

을 주지 않아?"

"넌 테레시코바 여객선 조난 사건의 유일한 생존자야. 필리파 리샤르가 머리만 남은 너를 여기로 데려왔는데, 아무리 생각해도 우주군이 사고에 대해 뭔가를 숨기고 있는 거 같아. 식당에 나타났다 사라진 코닐리어스 윌버 그린이라는 아바타가 너에게 무언가를 경고하려 했던 거 같은데, 그게 뭔지 모르겠어. 이 정도면 정확하니?"

"지나칠 정도로 정확해. 언제부터 알고 있었어?"

잠시 말없이 내 얼굴 1m 앞 지점의 허공을 응시하던 라다는 책상에서 내려와 곰 인형을 챙겨 방구석에 뒹굴던 갈색 숄더백에 쑤셔 넣었다.

"일단 나가자."

모자를 눌러쓰고 외투 단추를 잠그고 오른쪽 어깨에 가방을 멘 라다는 레이스가 살짝 삐져나온 버섯 가죽 장갑을 낀 왼손으로 내 오른손을 잡고 나를 사무실에서 끌고 나갔다. 계단을 내려오는 동안 몇몇 경찰들이 우리에게 아는 척을 했지만 라다는 무시했다.

우리는 시경에서 나와 마천루 지역을 가로질러 미드타운으로 연결된 북쪽 용다리를 향해 걸었다. 라다는 군용 외투 주머니에 양손을 찔러 넣고 심드렁한 목소리로 내가 없는 동안 아르카디아의 지도가 얼마나 바뀌었는지 이야기했다. 가장 눈에 뜨이는 건 20년 전에 강 너머 미드타운에 세웠다는 유원지로, 에펠탑보다 높은 패리스 휠은 마천루 지역을 제외한 도시 거의 모든 곳에서 보였다. 꼭대기에서 좋은 망원경으로 보면 아마 도시 너머의 다른 패리스 휠 안에서 또 다른 도시 너머의 패리스 휠을 망원경으로 관찰하는 내 뒤통수가 보이겠지. 라다는 도시의 상주 개별자 요리사들이 만들어낸 새로운 종류의 과일들에 대해서도 이야기했는데 이들 중 몇 개에 대해서는 나도 알고 있었다. 그 요리사들 역시 라다와 마찬가지로 기성품 게임에서 가져온 캐릭터였고 게임 속 재능을 아르카디아에서 활용하고 있었다.

"다들 나보다 재미있게 살고 있지."

라다가 말했다.

나는 어리둥절해졌다. 왜 나는 저 말을 믿을 수

없는 걸까? 세상에서 가장 당연한 말을 하고 있는 동안에도 라다의 말투와 몸짓은 은근히 이를 거부하고 있었다. 가장 눈에 뜨이는 건 뺨의 홍조였다. 계속 문제 많은 여자아이와 얽히는 것만큼이나 치명적인 캐릭터 약점 중 하나였다. 열심히 무표정을 위장하는 동안에도 눈치 없는 홍조는 늘 라다를 배신했다.

아르카디아에서 무언가 흥분되는 일이 일어나고 있었고 내 옛 베이비시터도 그중 일부였다.

라다는 미드타운의 반짝거리는 파도 모양 7층 건물 중 하나로 나를 데려갔다. 전혀 어울리지 않는 곳이라고 생각했는데, 정작 4층 엘리베이터 옆에 있는 방에 들어가 보니 시경 사무실과 맞먹는 스팀펑크 공간이 나를 기다리고 있었다. 고풍스러운 나무 가구와 시대착오적인 기계들 그리고 「블러디 문」의 페트로그라드를 완벽하게 재현한 가짜 풍경을 보여주는 흐린 창문. 말해놓고 보니 좀 우습긴 하군. '가짜 풍경'이라니.

방은 비어 있지 않았다. 여자 한 명이 소파에 앉아 서류 뭉치를 성급하게 넘기고 있었고 남자

한 명이 창문 옆에 서서 용도를 알 수 없는 원통형 기계를 조작하고 있었다. 여자는 흑인이었고 남자는 동북아시아계와 유럽계의 혼혈로 보였지만 두 사람은 닮았고 옷차림도 비슷한 세계에 속해 있었다. 인종과 국가를 초월하는 베라 그루시니츠카의 디자인이었다. 「블러디 문」의 캐릭터들. 하지만 아르카디아는 공무원으로 한국계 캐릭터만 받지 않았던가.

"엘레나 오딜리, 티무르 스몰린 그리고 이쪽이 배승예."

라다는 뒤에서 문을 닫으며 말했다. 말없는 인사가 지그재그로 방을 가로질렀다. 두 사람 모두 내가 누군지 알고 있는 표정이었다. 질 수 없어서 검색기를 돌렸다. 엘레나 오딜리는 국제연맹 소속 무국적 외교관이었고 티무르 스몰린은 차르 직속 비밀경찰 소속 수사관이었다. 모두 마이너 캐릭터였고 공식 게임에서는 플레이되지 않았다. 하지만 퍼블릭 도메인의 세계에서는 별별 캐릭터들이 다 의식을 갖고 살아나기 마련이다.

스몰린은 원통형 기계를 창문 옆 테이블에 내

려놓고 벽에 달린 레버를 내렸다. 덜컹 소리가 나고 방이 흔들렸다. 사방에 동물원 창살과 같은 그림자가 생겼고 사람들을 포함한 방에 있는 물건들 모두가 살짝 무게감과 채도를 잃었다. '진짜인 척 그만두기'. 방은 아르카디아 공간의 물리적 연속성에서 격리되고 있었다.

진동이 멈추자, 아직도 한 손으로 서류 뭉치를 움켜쥔 오딜리가 소파에서 일어나 나에게 천천히 다가왔다.

"정말이군요."

외교관은 왼손을 뻗어, 마치 처음 보는 희귀한 동물인 양 내 머리칼과 볼을 쓰다듬었다.

기시감이 올라왔다. 옛날 「블러디 문」 게임들이 딱 이렇게 시작되지 않았던가? 심지어 라다문이 현대를 배경으로 활약하는 게임도 공개된 것만 수십 편은 된다. 핑계야 많다. 시간 여행, 대체 우주, 가상현실.

설정창을 열었다. 나는 게임 속에 있는 게 아니었다. 과몰입 모드도 꺼져 있었다. 하지만 이 모든 게 사실이라는 걸 어떻게 아는가? 필리파 리샤르가 나를 굳이 아르카디아에 보내는 대신 '아르카디아의 붉은 달' 같은 제목의 파생 게임 안에 넣었을 수도 있다. 한 번 죽었다 살아난 지금 상황에서 설정창 정보를 믿는 것부터가 말도 안 되는……

"여긴 「블러디 문」 게임 속이 아니야."

라다가 말했다.

"내가 그럴 가능성도 생각하지 않았을까? 물론 100% 확신은 나도 못 해. 그건 어느 누구에게도 불가능하지. 하지만 네가 그 가능성을 무시하고 여태껏 현실 세계를 진지하게 살아왔다면 지금도 그래야 해."

"그 역시 게임 대사일 수도 있어."

내가 대답했다.

"맞아, 나를 믿을 이유는 없지. 하지만 지금 네가 게임 안에 있고 그 사실을 모르는데 설정창엔 과몰입 모드가 아니라고 나온다면 이게 단순한 게임일까?"

나는 아까까지 오딜리가 앉아 있던 소파에 주저앉았다. 푹신했지만 왠지 어색했다. 반쯤 남은 글리터차 옆에 놓여 있는 블루베리 마카롱을 하나 집어 들어 씹었다. 새콤한 맛이 미뢰를 자극했지만 이 역시 은근히 가짜 같았다. '진짜인 척 그만두기' 공간 안에서 가짜 감각의 만족도는 떨어질 수밖에 없었다. 감각 자극으로 안정을 찾는 건 이제 불가능했다.

"설명해줘."

내가 말했다.

목요일(그리고 월요일)

1

"게임에서 나온 뒤로 내가 여기서 얼마나 지루
하게 살았는지 너도 알 거야."

라다가 말했다.

"네 할머니가 소멸될 때까지 네 베이비시터 노
릇을 한 것도 나에겐 엄청난 모험이었어. '라다
문의 열두 역경'에 들어가지. '라다 문, 베이비시
터가 되다' '라다 문, 캘리그래피를 배우다' '라다
문, 주세페 타르티니의 평전을 쓰다'……."

"타르티니? 도대체 왜?"

"많이들 타르티니가 이탈리아 바로크음악 역사
에서 얼마나 중요한 사람인지 까먹고 있지. 그리

고 그 사람 연애 이야기도 제법 재미있어."

평전을 쓰느라 몰두했던 때가 떠올랐는지, 라다는 내 질문에 좀 짜증이 난 것 같았다.

"호기심과 부지런함 그리고 약간의 폭력 성향. 그게 나의 전부야. 아무리 양로원 경비원으로 남은 평생을 보낼 운명이라고 해도 이것들은 만족되어야 해. 폭력 성향을 억제하는 데엔 취미 생활이 도움이 되지. 하지만 호기심과 부지런함은 사정이 달라. 의미가 있는 결과가 나와야 한다고. 남들이 만든 퍼즐을 푸는 것 따위는 소용이 없어. 18세기 이탈리아 바이올리니스트의 전기를 쓰는 게 차라리 나아.

결국 아르카디아는 내 퍼즐 박스가 됐어. 난 이곳에 와서 사라지는 사람들을 연구했지. 요새는 비밀 따위 없다고 하잖아. 여기까지 오는 사람들이면 상당량의 공적 데이터를 태양계 이곳저곳에 새기기 마련이고. 하지만 그들이 아르카디아에서 소멸하며 뿌린 단서들을 긁어모아 분류하다 보면 공적 데이터로는 설명할 수 없는 수상쩍은 조각들이 남아, 특히 글리치가 요란할 때는. 대부분

은폐한 사생활의 흔적이지만 그중 일부는 그렇게 쉽게 설명이 안 되지."

"글리치 음모론자가 된 거구나."

내가 끼어들었다.

"아니, 난 마더가 어떤 음모를 꾸미고 있다고 생각하지 않았어. 단지 우리 같은 개별자가 이해할 수 없는 어떤 일들이 일어나고 있고 거대 지성은 그걸 굳이 설명할 생각이 없을 뿐이라고 여겼지. 개별자와 거대 지성, 개별자와 개별자, 톨스토이와 비톨스토이 사이의 틈은 언제나 있었고 그 틈은 점점 더 많아지고, 넓어지고 있잖아. 지금이 '인류의 보편성' 같은 두루뭉술한 말로 퉁치고 넘어가는 옛날이니? 아니잖아.

나는 그저 이천의 마더와 여기에 오는 사람들을 더 잘 이해하고 싶었을 뿐이야. 데이터를 읽고, 구멍과 이상 현상을 찾고, 가설을 세우고, 사실을 확인하고, 그러다 보면 전에는 몰랐던 것을 알게 되거나 상상조차 한 적 없는 가설을 세우게 되기도 했어.

난 이들 대부분을 공유했어. 주로 다른 소행성

에 있는 내 쌍둥이들에게 보냈지. 이 방면에 관심이 있는 무리들 사이에서 나는 좀 유명해졌어. 특히 사무엘 박 사건이 있은 뒤로는."

"사무엘 박? 그게 누군데? 아니, 잠깐. 혹시 세레스 학살 사건의 주범 이야기야? 그 사람은 1세기 전에 죽었는데?"

"복제된 자아가 하나 살아남았어. 2년 전에 정체성 세탁을 하려고 아르카디아에 왔었지. 그럴싸하게 위장했지만 내가 잡았어. 글리치가 좀 끼긴 했어도 많이 망가지지 않은 상태로 세레스에 보냈지. 지금은 거기 역사 연구소에 있어."

검색해보니 정말이었다. 너무 많은 뉴스 속에서 1세기 전 학살자의 복제품은 크게 화제가 되지 않았을 뿐이다. 하지만 충분히 큰일이었고 자랑스러워할 만했다. 2년 전이라니, 라다는 이미 책 한 권 분량의 수기를 써놓았을 것이다. 아니, 잠깐, 그렇다면 타르티니 전기는 어떤 문체로 쓰였을까? 라다가 20세기 하드보일드 추리소설 문체에서 벗어난 글을 쓰는 건 상상이 안 됐다.

"내 의뢰인 대부분은 다른 행성이나 소행성의

시민이야."

라다는 말을 이었다.

"직접 만나는 일은 없지. 대부분 아르카디아에 흡수된 사람들이 남겼을 수도 있는 무언가를 찾고 싶어해. 글리치와 함께 사라지는 경우가 많지만, 아닌 경우도 있지. 마더가 제작하는 AI는 모두 여기서 흡수된 사람들을 재료로 만들어지잖아. 다들 살아 움직이는 일기장이고 비석이고 좀비이지. 운이 좋으면 고객이 원하는 정보가 카페 직원, 연극배우, 교통경찰, 서커스 곡예사에 남아 있을 수 있어. 내가 찾지 못한 걸 마더가 기억할 수도 있겠지만 그건 내가 어쩔 수 있는 게 아니지. 내 성공률은 30% 정도인데, 상황을 고려해보면 꽤 높은 편이야. 수수료도 받지 않지 않고. 당연한 경찰 업무라고 생각하고 있거든. 보고서를 작성하거나 하지는 않지만.

그러던 어느 날, 그러니까 이번 주 월요일 오후에 새 의뢰인이 찾아왔어. 점심 먹고 돌아와 보니 특징 없는 외모의 남자 하나가 벤치에 앉아 내 곰과 눈싸움을 하고 있더라고. 이름은 존 선우였는데, 서류를 보니 아르카디아에 흡수되려고 온 화성인 공무원이었어. 이런 사람들이 나를 찾는 일은 없었어. 대부분 마음의 정리가 끝난 상태니까. 내 사무실까지 오는 몇 안 되는 사람들은 모두 관광객들이었어. 그때까지는.

'사람을 찾고 있습니다. 아래층에서 물어보니 경위님이 도와주실 거라고 하더군요.'

남자가 말했어.

'찾으시는 분은 언제 여기 오셨는지요?'

내가 물었어.

'어제 오후 열한 시 반에요. 레이디 고디바호를 타고 저랑 같이 왔습니다. 저와는 달리 관광객이었습니다. 우주선 안에서 친구가 됐어요. 수속을 마친 뒤에 다시 만나자고 했는데, 그만 사라져버렸습니다. 공항과 경찰에 물어봤는데 그런 사람은 처음부터 오지 않았다고 하는 겁니다. 어디에도 기록이 남아 있지 않다는 거예요. 전 아직 흡수 과정을 밟지 않았습니다. 제 정신은 멀쩡해요. 혹시나 실수로 흡수 과정을 밟고 있는데 글리치 때문에 기록에서 사라지거나 그럴 수도 있지 않

습니까? 그렇다면 큰일이 아닌가요?'

'그럴 가능성은 거의 없습니다. 그런 이야기가 떠돌긴 하지만 모두 우주 전설이지요. 그래도 확인은 해보겠습니다. 사실이라면 소행성대 양로원 역사상 최초로 일어난 대사건이겠지만요. 실종자 이름이 어떻게 되나요?'

'제임스 제갈입니다.'

나는 남자의 얼굴을 째려봤어. 암만 봐도 거짓말이나 농담하는 얼굴이 아니었어. 표정 억제 기술을 썼을 수도 있지만, 그건 또 티가 나잖아. 제임스 제갈이란 실종자를 찾는 존 선우라는 이 남자는 진심인 것 같았어.

의뢰인이 떠나자, 나는 조사를 시작했어. 일단 존 선우라는 사람은 정말로 있었어. 베스타에 출장 갔다가 화학물질 유출 사고로 몸이 많이 망가졌는데, 치료 대신 흡수를 택했어. 98세였고 2년 전에 배우자를 잃었는 데다, 직업 면에서도 대단한 발전 가능성은 없었어. 이 정도면 모범적인 아르카디아 고객이지.

그런데 이 제임스 제갈 난센스는 뭐지? 물론

존 선우라는 남자가 제임스 제갈이라는 남자를 우주선에서 만났을 가능성도 없지는 않아. 하지만 정말 그랬다면 그 사람은 그 우연의 일치에 대해 언급하지 않았을까? '그런데 말입니다, 그 친구는 저처럼 세상에서 가장 뻔한 영어 이름과 희귀한 한국어 복성을 갖고 있었지요. 이런 우연의 일치가.'

이게 거짓말이라면? 가장 그럴싸한 건 내가 만난 존 선우가 한국 이름에 대해 잘 모르는 다른 누군가의 위장이란 것이지. 하지만 언어 패치를 깔고 신분 위장을 하는 복잡한 작업을 거치면서 이렇게 기초적인 실수를 눈치 못 챘다는 게 말이 되나? 그리고 왜 저 사람은 나에게 제임스 제갈을 찾아달라는 거지? 내가 제임스 제갈을 찾으면 존 선우에게 무슨 이득이 생기지? 과연 아르카디아에서 제임스 제갈을 찾을 수 있긴 한가? 아니면 이 모든 게 내가 가려내지 못한 글리치인가? 혹시 마더가 나를 떠보려고 장난을 치는 건가?

언제까지 궁금해할 수만은 없었어. 발로 뛰며 확인을 해봐야지. 그리고 여기서 '발로 뛴다'는 단

순한 수사적 표현이 아니야. 아르카디아의 가상
현실에 제임스 제갈이 존재하지 않고 존 선우의
서류가 완벽하며 어떤 글리치의 흔적도 발견되지
않는다면 어쩔 수 없이 물리 우주로 나가서 존 선
우의 진술을 확인하는 수밖에 없었단 말이지.

작업용 로봇을 배정받으려면 두 시간을 기다려
야 했어. 아르카디아야 언제나 나른하기 짝이 없
지만, 바깥의 이천은 바쁘거든. 얼마 전에 C형 소
행성 두 개를 흡수하면서 지금도 해체 작업과 창
고 증축이 한창이지. 공항의 범용 로봇 중 내가
조종할 수 있는 종류는 모두 차출되고 없었어.

기다리는 동안 난 존 선우를 감시했어. 나가기
전에 몰래 꼬리표를 붙였거든. 감시창을 열고 보
니 별로 특별한 건 없었어. 머무는 호텔 앞 카페
에 앉아 창밖으로 지나가는 사람들을 멍하니 구
경하고 있더라고. 하긴 사라지러 온 사람이 무슨
의욕이 있겠어? 실종자 신고를 한 것도 순전히
시민의 의무감 때문일 수 있겠지.

드디어 로봇이 배정되었다는 연락이 왔어. 나
는 곰을 끌어안고 사무실의 긴 의자에 누워 로봇

에 접속했어.

나에게 배정된 건 키가 140cm에 앞뒤로 완벽하게 좌우대칭인 작업용 로봇이었어. 외곽 지역에서 일하다 관절에 이상이 생겨서 작업에서 빠져나온 녀석이었는데 내가 조종하는 데엔 아무런 문제가 없었지. 무릎을 반대로 꺾거나 손목을 360도로 돌릴 필요는 없었으니까. 단지 로봇을 받은 작업장에서 공항 엘리베이터까지 12km 정도 떨어져 있었고 위치도 좀 애매해서 중간중간 이동 레일에서 내려 걸어야 했어.

밖으로 나간 게 거의 4년 만이었던 거 같아. 굳이 나가야 할 이유가 없으니까. 내 관심사는 늘 안을 향해 있지. 물리 우주의 사람들이 자기 내장에 대해 갖고 있는 관심. 물리 우주에 대한 내 관심은 딱 그 정도야. 나에게 물리 우주는 내가 사는 세상의 내장이야.

4년 동안 이천은 많이 바뀌었더라. 덜 인간 중심적이 되었다고 할까? 이제 가시광선 조명은 쓰지 않고 범용 로봇의 디자인은 점점 인간에게서 멀어져 가. 바깥 테두리로 갈수록 이 경향이 더 심해지지. 머리로는 알고 있는 변화였지만 직접 보니까 또 달랐어.

엘리베이터를 타고 0g 층의 공항에서 내렸어. 레이디 고디바는 이천에서 생산한 탄소 펠릿을 싣고 떠날 준비를 하고 있더라. 그래도 한 시간 정도 우주선 안의 물리 공간을 수색하고 서류를 조사할 여유는 있었어. 찾아보니 뭐가 있었냐고? 아무것도 없었어. 깨끗했지. 존 선우는 이 우주선을 타고 와서 내렸지만, 제임스 제갈은 존재한 적이 없었어. 태양계 어디에도 없는 사람이었다고.

나는 우주선이 제공한 가상현실의 영상들을 검토했어. 존 선우가 보이지 않는 제임스 제갈의 유령과 이야기를 나누는 장면을 찾고 싶었나봐. 하지만 영상 속 존 선우는 평범하기 짝이 없는 승객이었어. 제갈과의 상호 관계가 꼭 그렇게 튀는 방식으로 진행되지 않았을 수도 있어. 하지만 과연 그랬을까? 나는 사무실에서 찍은 영상과 레이디 고디바가 찍은 영상을 비교해 보았어. 도대체 뭐가 무엇이 잘못되었을까?

'이 사람은 존 선우 씨가 아닙니다.'

목욕 가운만 입은 채로 둥둥 떠 내 등 뒤에서 영상을 비교해 보고 있던 레이디 고디바의 홀로그램 아바타가 말했어.

'그걸 어떻게 아시죠?'

내가 물었어.

'말투는 그럴싸하지만, 동작 언어가 전혀 달라요. 그리고 존 선우 씨는 죽은 배우자의 유령과 같이 다녔어요. 다른 사람들 눈에 보이지 않고 대화를 나누지도 않았지만 그래도 귀신 들린 사람들은 티가 나지 않습니까? 사무실 영상의 저 남자는 전혀 그런 것 같지 않은데요. 제임스 제갈이 죽은 배우자의 유령이라고 생각하면 아름다운 이야기가 되겠지만, 아쉬워라. 나이지리아 연방 출신의 지구인 여자분이었답니다.'

'승객들에게 관심이 많으신가 봐요?'

'저도 한동안 인간이었으니까요. 우주선으로 존재하는 것도 좋습니다만, 늘 인간이 궁금하답니다. 제가 품은 가상현실은 별들 사이를 떠도는 극장과 같지요. 언제나 무대에는 배우들이 연극을 공연하고 있어요. 이번 연극에서 존 선우 씨는

술집 구석에 앉아 마티니를 홀짝거리다가 끝나기 10분 전에 의미심장한 대사 서너 줄을 읊는 단역이었달까.'

'그 단역배우는 연극 무대에서 어떻게 퇴장했나요?'

'중환자였으니 의료용 캡슐을 타고 들어왔다가 나갔지요. 한 번도 물리 공간으로 나간 적이 없었습니다.'

흠. 그렇다면 존재하는지도 알 수 없는 제임스 제갈 추적은 중요한 게 아니잖아.

나는 엘리베이터를 타고 0.1g 층으로 내려갔어. 0.05g 층에 모여 있던 캡슐 호텔 4분의 1이 2년 전에 그쪽으로 옮겨졌고 존 선우의 캡슐도 거기 있었어. 모든 게 정상적으로 돌아갔다면 내가 아까 대화를 나눈 존 선우의 몸은 여기에 있어야 해.

나는 4층 8구역에 있는 캡슐을 꺼냈어. 유리창을 덮고 있는 뚜껑을 벗기자 존 선우의 얼굴이 보였어. 얼굴 절반이 타버렸지만 내가 서류에서 본 존 선우가 맞았어. 제어창을 열어보니 캡슐 속 사람의 뇌가 아르카디아와 연결되어 있다고 나와. 안에 있는 사람의 뇌파나 심박수도 모두 정상이었어. 이를 의심해야 할 이유는 없었어.

하지만 아무리 생각해도 존 선우의 유령 아내와 제임스 제갈이 걸렸어. 존 선우가 소멸하기 전에 천진난만한 게임 캐릭터를 놀려댈 생각이 아니었다면 여기 어딘가가 잘못되어 있어야 해. 난 제어창 밑의 구멍에 로봇 손가락을 밀어놓고 웜을 흘려 넣었어.

1분도 지나기 전에 캡슐이 발작했어. 반응이 너무 격렬해서 호텔 전체에 비상등이 켜질 정도였지. 주변에서 관리 로봇들이 달려왔고 호텔 관리 AI의 홀로그램 아바타가 디킨스의 유령처럼 허공에서 나타나 나를 째려봤어.

내가 맞았어. 캡슐과 아르카디아 사이를 무언가가 막고 있었어. 존 선우와 유령 아내가 뇌 안에 갇혀서 고함을 질러대는 동안 캡슐 안에 있던 무언가가 아르카디아로 들어가 존 선우 행세를 하면서 나에게 제임스 제갈이라는 말도 안 되는 누군가를 찾아달라고 의뢰했던 거야. 그리고 지금까지 존 선우와 유령 아내를 가두고 있던 감옥은 녹아내리고 있었어.

로봇들이 존 선우의 몸을 새 캡슐로 옮기는 동안 나는 아르카디아 속 존 선우를 추적했어. 내가 태그를 단 아바타는 사람 모양의 투명한 풍선으로 변해 이천 동상 위를 떠돌고 있었어. 마더의 글리치가 그 사기꾼을 먹어버린 걸까? 아니면 태그가 달린 허물을 벗어 던지고 내가 찾을 수 없는 어딘가로 사라져버린 걸까? 나는 허겁지겁 감시 영상을 뒤로 돌렸지만, 답을 찾을 수 없었어. 그 가짜는 연속성을 읽을 수 없도록 정말 어색하게 사라져버렸어.

자, 이제 어쩐다? 이천과 아르카디아의 개별자들은 마더가 모든 걸 알고 있다는 가정 아래 일을 해. 나야 어차피 보고서를 작성해서 위에 올려 보내겠지만, 이 정도면 마더가 모를 수가 없지. 그 무언가가 뭔가 음흉한 음모를 품고 아르카디아에 들어왔다면 마더도 지금 대책을 세우고 있을 거야. 그렇다면 걱정하지 말아야 하나? 가만히 있다가 마더가 이상한 일을 시키면 의심 없이 따라야 하나?

아르카디아가 통째로 사라져도 난 별로 아쉬울 게 없었어. 여긴 유령들의 도시이고 나에게 감옥이나 마찬가지니까. 몇몇 관광객들을 제외하면 여기 사람들은 모두 소멸하러 왔으니 몽땅 죽는다고 해도 특별히 안타까울 일은 없지. 관광객들이야 모두 우주선 안에 있으니 아르카디아가 붕괴되어도 튕겨 나갈 거고. 난 잠시 여기의 내가 아르카디아와 함께 사라지고 여기저기 백업해놓은 파일로 내가 다른 소행성에서 다시 새 삶을 시작하는 걸 상상해봤어. 그럴 가능성은 지극히 낮았지만 나쁘지 않은 환상이었어.

하지만 그럴 리는 없는 거 같고, 난 이 모든 게 궁금해졌어. 마더가 다 알고 있다고 해도 그걸 나에게 알려줄 리는 없고. 내가 라다 문으로서 할 수 있는 일이 하나 더 생긴 거야.

나는 로봇을 근처 거치대에 올려놓고 아르카디아로 돌아왔어. 눈을 비비고 일어나니 사무실은 컴컴했어. 벌써 그렇게 어두워졌나?

아니, 그게 아니었어. 지름 3m쯤 되는 흰 눈동

자가 붙은 거대한 검은 눈알이 사무실 창문을 가리고 있었어. 내가 일어나 창문으로 달려가자 눈동자는 헤엄치듯 옆으로 미끄러져 가다가 폭발해 버렸어. 눈알을 이루고 있던 검은 먹물은 거리 사방으로 튀어 방사형의 그림을 만들었고 그중 일부는 열린 창문을 통해 사무실로 들어와 축구공처럼 굴러다녔어.

짜증이 난 나는 통통 튀며 돌아다니는 먹물 축구공을 잡아 창밖으로 집어 던졌어. 그러다가 밖을 내려다보았는데, 아니 이게 뭐야. 독일 거리 전체가 글리치로 난리가 나 있었어. 폭발하는 풍선과 구멍 난 공간, 유령들의 아리아와 역전된 천둥 번개, 구름을 뚫고 별들이 내려와 춤을 췄고 아스팔트 바닥은 물리성을 잃었어.

사방에서 사이렌 소리가 들렸어. 시청 처리반의 소방차 소리였지. 시의 소방차 절반 정도가 독일 거리로 달려오고 있었어. 저들에게 이 야단법석을 처리할 능력이 있을 거란 생각은 전혀 안 들었어. 아니, 별들이 춤추고 있었다고. 하지만 시청 처리반은 꿀렁거리는 아스팔트 위에서 용감하게 비정상으로 존재하는 모든 것에 비누 거품을 쏟아부었고 한 시간 동안 난리를 치자 상황은 그럭저럭 정리되었어. 어떻게 된 건지는 잘 이해가 안 되었지만.

정말 뭔가 일이 일어난 걸까? 아르카디아의 정상성이 깨질 정도의? 지금 내가 본 건 아르카디아의 백혈구들이 외부 세력과 맞서 싸우는 광경이었던 걸까? 보통 때 같으면 보도 위의 비누 거품을 빨아들이고 부서진 별 조각들을 주워 담는 처리반의 모습에 안심이 되었겠지만, 지금은 전혀 그런 생각이 안 들었어. 일단 아직도 유령들이 로크리아 선법의 불쾌한 노래를 부르고 있었거든. 처리반이 아무리 즐겁게 「우리는 행복한 시청 공무원」을 합창해도 그 노래는 지워질 수가 없었어.

난 존 선우가 머무는 호텔로 갔어. 예상했던 대로지만 별 정보는 얻지 못했어. 기억하는 것은 레이디 고디바가 이천 공항에 접근하기 전에 안전 방송을 듣고 의식을 껐는데, 다시 켜보니 아무것도 없는 컴컴한 진공 속이었다는 거지. 의심해야 할 이유는 전혀 없었고 죽은 아내와 함께 빨리 아르카디아에 흡수되고 싶어 하는 티를 팍팍 내고 있어서 귀찮게 굴 생각이 들지 않았어.

거리로 나와 관광객들과 유령들과 AI들 사이를 걸으면서 난 머리를 굴렸어. 처음으로 돌아가 보자. 제임스 제갈 실종 사건 의뢰의 결과는 뭐였지? 진짜 존 선우를 찾은 것이었지. 아마 이게 가짜 존 선우의 의도였을지도 몰라. 가짜이긴 했지만 아주 사악한 존재 따위는 아니어서 자기 데이터가 아르카디아로 완전히 이전되자 자신의 뇌 속에 갇혀 발버둥 치는 진짜를 구출하라고 나를 보낸 거지. 하지만 정말일까? 더 쉬운 방법이 있지 않았을까? 아니면 그 가짜는 그게 가장 쉬운 방법이라고 생각했던 걸까? 아니면 가짜에게 그건 가장 쉬운 방법이었나? 물론 그 의뢰의 상당 부분이 진짜이고 제임스 제갈이 실제로 존재하고 지금 아르카디아 어딘가에서 소멸 중일 수도 있어. 난 지금 내가 없는 게 확실하다고 믿는 그 누군가를 찾고 있어야 하는 중인지도 모른다고. 그렇다면 다시 사무실로 돌아가서…….

바로 그 순간 내 눈앞이 캄캄해졌지."

2

"기절 같은 건 아니었어. 여기서 그런 건 겪은 적이 없어. 게임에서는 그런 일이 종종 있었지만 그건 게임이고 난 그 게임에서 사람이었잖아.

난 그냥 길게 뚫린 컴컴한 공간 안에 고꾸라져 있었어. 얼굴을 바닥에 박고 있었고 두 다리는 꼬여 있었지. 코와 입의 감촉이 느껴지지 않았어. 지금 내 얼굴엔 그런 게 없었어.

나는 비척거리면서 일어나 내 손을 봤어. 얼마 전까지 내가 썼던 바로 그 로봇 몸이었어. 서너 걸음 걸어봤어. 아까보다 아주 살짝 몸이 무거웠어. 0.35g 층. 한창 공사가 진행 중인 이천의 외곽이었어. 아니면 외곽의 환경을 모방한 가상현실이거나. 이천에 가상현실 공간이 아르카디아만 있는 건 아니니까.

몸에서 나가려고 시도해봤어. 아무 소용이 없었어. 무언가가 내 정신을 이 금속 깡통 안에 잡아두고 있었어. 나가는 대신 시경에 접속해 아르카디아의 내 몸이 어떤 상태인지 확인하고 싶었지만, 연결이 되지 않았어. 대신 이 몸이 이천 어디에 있는지 확인해보려고 했는데…….

……갑자기 몸이 움직였어. 그리고 내 의지와 상관없이 뛰기 시작했어. 뛰는 동안 나는 진공상태에서 코리올리의 힘과 인공중력이 내 로봇 몸에 끼치는 그 미묘한 영향에 적응해갔어. 내가 알아서 익혔다면 훨씬 시간이 걸렸을 거야.

뒤에서 무언가가 쫓아오고 있었어. 소리는 들리지 않았지만, 바닥과 벽을 타고 쿵쿵거리는 진동이 느껴졌지. 로봇들이었어. 상황은 여전히 모르겠지만 저들에게 잡혀 좋을 거 같진 않았어.

뛰고 있자니 로봇을 조종하는 또 다른 존재가 느껴졌어. 아직 그것의 정체가 뭔지는 모르겠지만 분명 있긴 있었어.

시야가 넓어졌어. 내가 들어간 몸은 눈이 네 개였는데, 뒤통수에 달린 눈 두 개가 보내오는 시각 정보가 내 머릿속으로 들어오기 시작한 거야. 다소 정신이 없었어. 정면 눈 두 개가 보내는 정보는 몸의 움직임과 연결되어 있었지만, 뒤통수 눈들은 사정이 달랐으니까. 내가 인간이었다면 심각하게 어지러웠겠지.

나를, 아니, 우리를 쫓고 있는 존재들이 뒤통수 눈의 시야에 잡혔어. 동그란 공 모양의 작은 몸에 긴 팔 네 개가 달린 거미 모양의 범용 로봇 네 대였어. 만들어진 지 1년도 안 된 최신식이었지. 녀석들은 지금 개구리와 오징어를 합친 거 같은 동작으로 우리에게 접근해 오고 있었는데, 아무리 우리가 짧은 다리로 뛰어도 곧 잡힐 게 뻔했어.

'여기서부터는 나에게 맡겨.'

내가 말했어.

그 무언가는 잠시 멈칫하는 것 같았어. 하지만 나를 믿었는지 서서히 팔다리에서 힘을 뺐어.

몸의 통제권을 찾은 나는 재빨리 주변 지형지

물을 확인했어. 내가 있는 곳은 아직 이동 레일이 깔리지 않은 긴 복도로, 50m 간격으로 움푹 파인 공간들이 있었어. 처음엔 방으로 디자인되었지만, 굳이 방이 될 필요가 없다고 생각하고 멈춘 곳들이지. 외곽 지역은 프라이버시가 필요한 두 발 달린 동물의 편의를 무시하는 방향으로 변화하고 있었으니까. 나는 그중 하나로 뛰어들었어.

관절이 고장 난 작은 로봇 몸 하나로 덩치가 세 배는 되는 최신식 로봇들에 맞서 싸우는 건 무리한 계획처럼 보일 수도 있어. 하지만 나에겐 이미 경험이 있었어. 이천에서 새 로봇들이 나올 때마다 가상현실에서 싸웠거든. 심심했으니까. 어쩌다 보니 나는 이천에서 가장 성능 좋은 전투 로봇 프로그램이었어.

물리적 이점도 있었어. 공기도 없고 중력도 작은 곳에서 덩치 큰 로봇들은 자기 질량에 잡히기 마련이지. 저것들처럼 긴 팔로 허우적거리는 녀석들은 더욱 그래. 내 몸은 작고 가벼웠으니 민첩한 방향 전환에 유리했어. 난 그 장점을 최대한 뽑을 수 있는 공간으로 달아났던 거고. 게다가 난 로봇들을 파괴할 필요까지는 없었어. 등 뒤에 있는 뚜껑을 열어 전원을 끄면 되었으니까. 저것들이 처음부터 전투 로봇으로 만들어졌다면 조금 다른 식으로 디자인되었겠지만 이천은 그렇게 호전적인 곳이 아니지.

로봇들을 모두 무력화시키는 데에 한 8분 정도 걸렸던 것 같아. 더 빨리 끝내고 싶었지만 고장난 관절 때문에 조금 힘들었어. 손목을 회전시킬 수 있었다면 좀 더 빨리 끝낼 수 있었을 텐데. 그래도 내가 꺼뜨린 로봇들이 사방에 널브러져 있는 걸 보니 있지도 않은 피가 기분 좋게 끓는 것 같았어.

물론 안심할 수는 없었어. 다른 로봇들이 내는 쿵쿵거리는 진동이 벽을 통해 전해오고 있었으니까. 무엇보다 로봇의 배터리가 간당간당했어. 이제 직접 전투는 곤란해. 도망가는 수밖에, 될 수 있는 한 분주한 곳으로, 이 좀비 로봇들을 다른 누군가가 막을 수 있는 곳으로. 아마 저들도 자기에게 시간이 얼마 남지 않았다는 걸 알았을 거야. 이천의 모든 부분은 관찰되고 있으니까. 속전속

결을 노렸는데 갑자기 내가 끼어든 거지. 내가 없었다면 90% 확률로 내가 들어 있는 로봇을 잡을 수 있었는데, 그 확률이 확 떨어져버린 거야.

내 동작에 갑자기 저항이 걸렸어. 그와 함께 새로운 정보가 머릿속으로 들어왔어. 로봇 안에 있는 무언가는 그런 식으로 구조받을 생각이 없었어. 빨리 로봇 몸을 버리고 아르카디아로 들어갈 생각이었어. 하지만 정체를 알 수 없는 AI를 아르카디아에 집어넣어도 되는 걸까? 마더는 여기에 대해 얼마나 알고 있을까?

알게 뭐야, 내가 왜 전능자를 챙겨줘야 하지?

내가 돕기로 결정하자, 로봇의 모든 기능이 풀렸어. 나는 아르카디아에 접속해 내 암호로 게이트를 열었어. 안전모드로 로봇 안의 그 무언가를 전송하려면 14분이 걸려. 지금 우리 뒤를 쫓고 있는 로봇들은 열다섯 대였고, 세 대는 100m 안쪽으로 접근 중이었어. 배터리 잔량과 전송 시간을 고려해보면 내가 선택할 수 있는 길은 다섯 개 정도밖에 안 되었고 그마저도 시간이 째깍째깍 흐르면서 하나씩 사라져버렸어.

남은 길은 단 하나. 나는 가장 가까운 화물용 사출구로 뛰어들었어. 아슬아슬하게 따라와 내 로봇 몸을 움켜잡으려는 금속 손을 걷어차고 나는 우주 공간으로 떨어졌어.

이제 나는 이천 주변을 도는 위성이 되어 있었어. 나는 고개를 숙여 발밑을 내려다보았어. 사출구를 통해 뛰어나오는 로봇들이 보였어. 하나, 둘, 셋, 넷. 모두 아까 상대한 녀석들보다 작았고 보다 인간 몸에 가까웠어.

우리 모두 추진체 같은 건 없어서 한동안 같은 속도로 얕게 깔린 궤도를 날 수밖에 없었지. 하지만 로봇들은 생각이 있었어. 최대한 팔다리를 뽑아 서로를 연결한 후 뒤에 있는 로봇을 하나씩 걷어차며 조금씩 가속했던 거야. 처음에는 200m 거리였던 것이 순식간에 100m, 50m, 20m로 줄어들었고 드디어 마지막 남은 로봇의 왼손이 내 오른발을 움켜잡았어. 다리와 몸통을 잡고 기어오른 로봇은 오른손 손바닥에서 튀어나온 험상궂게 생긴 무언가로 내 머리를 공격하려고 했어.

그리고 그 순간 나는 내가 할 수 있는 마지막

일을 했어. 내 머리를 뜯어내 집어 던졌지. 몸에서 떨어져 나온 머리는 빙글빙글 돌면서 궤도 바깥으로 날아갔고 그 순간 나는 로봇 몸에서 풀려나왔어.

눈을 떠보니 내 폐에 숨을 불어넣는 입술과 가슴을 압박하는 두 손이 느껴졌어. 주변에서는 씩씩한 응원가가 들렸어. 시청 처리반이었어. 내가 손을 뿌리치고 헐떡거리며 일어나자 주변 사람들은 모두 박수를 쳤어.

나는 상황을 확인했어. 나를 공격했던 로봇들은 하나씩 다시 통제권 안에 들어오고 있었어. 이천 바깥으로 나를 따라왔던 로봇들은 추락하거나 궤도 위를 돌거나 궤도 바깥으로 튕겨 나가고 있었는데 이미 수습반이 출동하고 있었어. 그리고 내가 열었던 게이트는 막 닫히고 있었지.

나는 신호가 울리는 버트램 호텔로 달려갔어. 로봇 안에 갇혀 있던 그 무언가는 2402호실에 있었어. 나는 경찰 권한으로 문을 열고 방으로 뛰어들어갔어. 안은 엉망이었어. 정신 나간 무언가가 뛰어다니며 물건들을 집어 던지고 넘어뜨린 것처럼. 나는 문이 열려 있는 화장실로 들어갔어.

디폴트 회색 옷을 입은 작은 여자아이가 목욕 타월로 몸과 머리를 감싸고 욕조 안에 웅크려 있었어. 나는 천천히 다가가 아이의 머리를 덮고 있는 타월을 들추고 얼굴을 확인했어.

그 아이는 바로 너였어. 36년 전 아르카디아에 처음 와서 나에게 맡겨진 바로 그때의 너."

3

여섯 개의 걱정스러운 눈이 나를 응시하고 있었다. 나는 그들을 외면하면서 필사적으로 머리를 굴려 답을 찾았다.

"내가 떠나기 전에 마더가 나를 복사했던 거구나."

나는 간신히 말했다.

"맞아."

라다가 대답했다.

"왜? 난 아무것도 모르는 평범한 애였어."

"일단은 그럴 수 있었으니까? 마더는 우리의 프라이버시 같은 건 신경 쓰지 않으니까?"

"존 선우는? 제임스 제갈은? 그 로봇은?"

"여기서 정확하게 이치에 맞는 동기와 답을 기대해서는 안 돼. 이 모든 건 인간에 대해 어느 정도 알지만 아직은 완벽한 소통이 어렵고 그렇게까지 인간처럼 생각하지도 않는 어떤 존재들이 자기들 목적을 위해 나를 이용하는 과정이었으니까. 그리고 그들은 성공했어."

"그래도 답이 없는 건 아니잖아."

"그렇지. 하지만 그게 좀 길어. 그리고 여기서부터는 스몰린의 이야기야."

목요일(그리고 일주일 전 목요일(그리고 몇 달 전))

1

스몰린은 이야기를 시작했다.

"제 이름은 티무르 스몰린입니다. 헤베의 친구들은 그냥 팀이라고 부르지요. 「블러디 문」의 팬 게임인 「더러운 계약」의 캐릭터였습니다. 게임에서 나와 헤베에 산 지 6년 되었습니다. 제가 원했던 건 전혀 아니었습니다. 모든 지적 존재는 실제 시간 속에서 자유의지를 누리며 살아야 한다고 우기는 어떤 운동가가 강제로 나를 끄집어냈지요.

게임 속에서 저는 비밀경찰 소속 수사관이었고 제법 신기하고 재미있는 일들을 맡아서 했습니다. 세종에서 저는 그냥 평범한 공무원이었습니다. 당연히 전 이전에 누렸던 신기하고 재미있는 일들을 갈망했습니다. 그러다가 아르카디아의 라다 문과 연락이 닿았지요. 저 친구가 저를 글리치 음모론자로 만들었습니다. 자기보다 더 심한 음모론자로요. 당연한 일이었지요. 게임 속 라다 문은 기껏해야 음모론자였지만 저는 음모론자 겸 음모가 일당의 일원이었으니까요. 전 세상의 모든 것에서 음모를 보았습니다. 심지어 저를 끄집어낸 운동가도 의심했지요.

이런 제가 필리파 리샤르의 패거리를 주목한 건 당연한 순서였습니다. 거대 지성의 속내를 직접 알아내는 건 어려웠습니다. 하지만 거대 지성을 상대하는 것처럼 보이는 개별자 무리의 속내를 읽는 건 상대적으로 쉬운 일이지요. 적어도 저를 포함한 많은 이들이 그렇게 생각합니다.

여기엔 다른 문제가 있습니다. 우리는 필리파 리샤르 패거리를 어느 정도까지 이해할 수 있는가? 전 인간은 아니지만, 아니, 바로 그렇기 때문에 거의 100% 톨스토이지요. 인간처럼 생각하고 인간의 욕망을 갖고 있습니다. 하지만 리샤르 패거리는 아니에요. 소행성대 연방 우주군 멤버 모두가 그런 건 아니겠지만 적어도 리샤르 일당들은 톨스토이가 아닙니다. 리샤르의 클래식 놀리우드 배우 같은 미모와 태도 때문에 다들 속는데……."

"하지만 지금 100% 톨스토이가 얼마나 존재할까요? 저도 제가 100%라고 생각한 적 없는데요? 적어도 소행성대는 100% 톨스토이가 살기에는 아주 불편한 곳이지요. 일단 이곳 사람들은 결혼도 안 하고 아이도 안 키우잖아요. 저도 그에 대한 욕망 따원 없어요. 레프 톨스토이는 여기선 소설 첫 문장도 시작하지 못할 거예요."

내가 끼어들었다.

"아무리 심해도 대부분 절반 이상은 톨스토이지요. 하지만 리샤르는 아닙니다. 사고방식이 완전히 달라요. 오노메 아와가 만든 사람들은 원래 그렇습니다. 심지어 인공 세포의 구조 자체가 다른데…… 이건 나중에 다시 이야기를 하기로 하지요. 여기서 제가 말하고 싶은 건 리샤르를 포함한 오노메 아와 그룹 사람들이 아무리 톨스토이처럼 군다고 해도 그 속내를 안다고 단정 짓는 건 위험하다는 것입니다.

다시 이야기로 돌아가지요. 지난 몇 년 동안 전 「블러디 문」과 그 파생 게임에서 나온 AI들로 구성된 음모론자 정보망을 조직해왔습니다. 단체 같은 건 아닙니다. 그런 걸 만들기엔 의견과 입장이 너무 달랐으니까요.

최근 몇 달간 우리의 관심사는 소행성대 곳곳에서 일어나는 사고들이었습니다. 소행성대는 화성이나 지구처럼 안락한 곳은 아니지만 그래도 근 몇십 년 동안 꾸준히 안정성을 확보해왔습니다. 그런데 갑자기 여기저기에서 여객기 사고, 궤도 이탈 사고, 광산 충돌 사고가 일어나기 시작했습니다.

제 음모론자 본능이 발동했습니다. 가장 먼저 떠오른 생각은 이 모든 게 연방 우주군의 음모라는 것이었습니다. 하지만 이들을 하나로 묶어 조사해보니 그보다는 복잡했습니다. 연방 우주군은 재난을 최소화하고 인명을 구하는 데에 필사적이었습니다. 누군가는 자기가 저지른 짓을 은폐하는 쇼라고 빈정거렸지만 제가 보기엔 아니었습니다. 아무리 리샤르가 이해 불가능한 괴물이라고 해도 벌일 수 있는 쇼엔 한계가 있습니다. 만약 이게 쇼라면 굳이 저희 같은 음모론자들이 아니더라도 뭔가 이상하다는 것을 다른 소행성 정부에서 눈치를 챘겠지요.

동료 음모론자들과 나눈 며칠에 걸친 토론 끝에 저는 다음과 같은 결론에 도달했습니다. 몇 달 동안 일어난 사고들을 다 합하면 마지막 소행성대 미니 전쟁의 피해와 맞먹었습니다. 연방 우주군은 이에 맞서기 위해 마지막 전쟁 때의 1.5배나 되는 인력을 투입하고 있었습니다. 만약 무언가가 전쟁처럼 보인다면 그것은 전쟁입니다.

그렇다면 상대는 누구일까요?

마더 중 하나일 리는 없습니다. 제가 아무리 음모론자라도 그건 상상할 수 없는 일입니다. 마더가 저지르는 일치고는 수준이 너무 낮습니다. 무엇보다 하나 이상의 거대 지성이 연방이나 연방 우주군과 전쟁을 벌이고 있다면 우리 눈에 보이지도 않았을 겁니다. 이건 개별자 집단의 짓입니다. 하지만 그들이 누구란 말입니까? 저로서는 이런 테러 행위를 통해 이익을 얻을 수 있는 집단을 상상할 수 없었습니다. 마지막 전쟁 이후, 소행성대의 정치판은 지루할 정도로 안정되어 있지 않습니까? 네, 세상엔 별별 사람들이 다 있기 마련이지요. 하지만 그들이 연방 우주군과 전쟁을 벌일 정도로 수를 불렸다면 우린 알았겠지요."

2

"계속 가설을 발전시키고 싶었는데, 현실 세계의 일이 저를 막았습니다. 아시겠지만 헤베와 베스타는 지금 궤도 계약을 앞두고 있습니다. 마더들 사이에는 이미 모든 일이 다 끝났지만, 개별자들에겐 귀찮은 잡일들이 남아 있지요. 그 때문에 양쪽의 AI 공무원들이 번갈아 상대방 소행성으로 가서 그 일을 마무리 지어야 했습니다. 제 차례가 되었고 전 베스타로 전송되었습니다.

베스타의 가상 도시 세 군데를 오가면서 전 그쪽 공무원들을 만나 소위 '친밀한 관계'를 쌓았습니다. 전 이런 일을 쓸데없이 잘했어요. 하긴 저 같은 게임 캐릭터들은 진짜 인간보다 이런 일에 더 능하기 마련입니다. 저희는 처음부터 톨스토이로 디자인되었기 때문에 개량된 육체의 영향을 받는 현실 세계의 인간들보다 더 인간적이지요. 그걸 장점이라고 생각하는 이들도 있습니다. 전 잘 모르겠지만.

마지막 도시인 베스타즈 헤이븐 시청 사람들을 만나 일을 마치고 호텔로 돌아가려는데 길에서 익숙한 얼굴과 마주쳤습니다. 저와 같은 게임 출신인 엘레나 오딜리 중 한 명이었지요. 오딜리들은 공무원으로 일하지 않습니다. 게임 설정상 조직에 묶이는 걸 좋아하지 않지요. 물론 설정을 개조했을 수도 있지만 그랬을 것 같지는 않았습니다. 우린 기본 설정에 가까울수록 쓸모가 있습니다. 드라이버를 억지로 개조해 망치로 쓸 필요는 없지요.

게임 밖 오딜리는 네 명이었습니다. 전 그 네 명을 다 알지만 모두 친한 건 아니었지요. 어떤 오딜리와는 야한 농담을 주고받는 사이였고 다른 오딜리는 공식 자리에서 한 번 본 게 전부였습니다. 지금 히치콕 영화에나 어울릴 법한 고풍스러운 파란 정장 차림으로 불안하게 걷고 있는 저 오딜리는 제가 아는 오딜리일까요? 모르는 이일 수도 있었습니다. 그 뒤에 새로 게임에서 나왔을 수도 있고, 저에 대한 기억을 갖고 있지 않은 백업본일 수도 있고.

저는 오딜리를 향해 손을 들었습니다. 하지만 그 오딜리는 분명히 저를 봤음에도 불구하고 모른 척하며 제 옆을 지나쳤습니다. 고개를 돌려 제가 잘못 본 게 아닌지 확인하려는데, 회색 정장 차림의 남자 둘이 연달아 제 어깨를 스치며 지나갔습니다.

호기심이 당긴 저는 그들의 뒤를 따랐습니다. 헤베에서라면 관리자 AI와 접속해서 무슨 일이 일어나고 있는지 확인해볼 수 있었을 겁니다. 하지만 베스타에서 전 손님에 불과했습니다. 직접 따라가는 수밖에요. 이 역시 나름 제 전공이 아니겠습니까?

무슨 일이 일어나고 있는 걸까요? 이게 백인들만 나오는 초창기 할리우드 영화와 같은 상황이

라면 오딜리는 위험에 처해 있었습니다. 저 두 남
자들이 오딜리를 기절시켜 어딘가 음침한 곳으로
데려가 고문하고 죽일지도 모르죠. 다행히도 거
긴 할리우드 영화가 아니었습니다. 납치당하거나
고문당할 위기에 처하면 그냥 도시에서 나오면
됩니다. 가상현실의 주민이 다른 주민에게 가할
수 있는 위해에는 한계가 있습니다. 하지만 또 모
르죠. 나쁜 짓의 기술은 다양하기 마련이니까요.
그냥 게임이라면? 글쎄요. 베스타에서 그런 종류
의 폭력적인 게임은 헤이븐 밖 다른 두 도시에서
만 허용되었습니다. 여기 사람들도 쉬어야 하니
까요. 하여간 저는 뒤를 따르기도 하고 옆에서 앞
지르기도 하면서 이들을 관찰했습니다.

　오딜리는 겁에 질린 듯 계속 뒤를 돌아다보며
종종걸음으로 걸었습니다. 그리고 남자들은……
좀 이상했습니다. 그러니까 '검은 옷을 입은 남자
들'이라는 옛날 UFO 전설 아십니까? 옛날 미국
사람들은 지구인으로 분장한 외계인이 정부 요원
이라고 우기며 UFO 연구가나 목격자를 협박했
다고 믿었습니다. 왜 고도로 발전한 똑똑한 외계

인들이 그렇게 어색한 협박을 했는지는 아무도 제대로 설명하지 못했지만 말입니다. 하여간 그 남자들은 '검은 옷을 입은 남자들'처럼 어색했습니다. 기본 걸음걸이 같은 것은 아바타 표준에 맞추어져 있었을 텐데도 동작이나 행동, 얼굴 표정이 어딘지 이상했어요.

오딜리와 두 남자는 도심에서 벗어나 점점 외진 뒷골목으로 접어들고 있었습니다. 그리고 그들 사이의 거리도 조금씩 줄어들었지요. 슬슬 제가 개입할 때가 된 것 같았습니다. 전 그들이 막 꺾어져 들어간 막다른 골목으로 뛰어갔습니다.

번쩍하는 섬광과 함께 골목 안이 오렌지색으로 물들었습니다. 물리 우주였다면 한동안 아무것도 안 보였겠지요. 하지만 전 그 섬광 속에서 남자들이 옷을 찢고 거대한 벌레처럼 부풀어 오르는 것을 볼 수 있었습니다. 역시 물리 우주에서는 불가능한 일이었겠지요. 하지만 베스타즈 헤이븐은 보존법칙을 그리 중요하게 생각하는 곳이 아니지 않습니까.

나는 오딜리와 벌레들 사이에 뛰어들었습니다.

위기에 빠진 같은 게임 출신 동료를 벌레들로부터 구해야 한다고 생각했어요. 전 베스타 가상현실로 들어오면 다들 자동적으로 지급받는 광선총을 뽑아 들었습니다.

그런데 총질을 하다 보니 뭔가 상황이 이상했습니다. 제가 생각했던 것처럼 일방적인 싸움이 아니었던 것이지요. 거대하게 부푼 벌레들이 할 수 있는 건 별로 없었고 오딜리는 저보다 더 단단하게 무장하고 있었습니다. 괴물들에게 쫓기는 게 아니라 그 괴물들을 방해 없이 처리하기 위해 구석진 곳으로 유인한 것 같았습니다.

5분 뒤 두 벌레들은 초록색 피를 사방에 쏟으며 산산조각이 났습니다. 오딜리는 난장판에서 머리 두 개를 찾아내 손가락을 쑤셔 넣어 호두만 한 뇌를 하나씩 뽑아 백에서 꺼낸 기계 안에 넣었습니다. 결과가 만족스럽지 않은지, 제 데이터베이스에는 없는 언어로 욕을 하며 시체 조각들을 걷어차더군요. 그걸 보니 어느 오딜리인지 감이 왔습니다. 저랑 야한 농담을 주고받던 친구가 아니었어요. 한 번밖에 만난 적이 없어서 아직 오딜리 박사님이라고 불러야 하는 쪽이었습니다.

'어떻게 된 일입니까, 오딜리 박사님? 이것들은 다 뭡니까?' 제가 물었습니다. '그림자들이에요.' 오딜리가 대답하더군요. '그건 또 뭔데요?' '며칠 전에 제가 저것들에 붙인 이름이에요. 사실 저도 저것들이 무엇인지 확실히는 몰라요. 일종의 유령들이에요. 캐릭터의 잔상이라고 할 수 있을까요? 아니면 어설프게 만들어진 프랑켄슈타인의 괴물? 그것들이 가상현실에 침투했다가 사라질 때 늘 찌꺼기처럼 남아 있지요. 있어서는 안 되는 글리치랄까.' '그것들은 또 뭔가요?' 오딜리는 얼굴을 찡그렸습니다. '뭔가 알고 있어서 베스타에 온 게 아니시군요. 정말 순전히 일 때문에 오셨나요, 코미사르? 지금 밖에서 무슨 일이 일어나고 있는지 진짜 모르시나요? 밖에서 지금 연방 우주군이 뭐 하고 있는지 모르시는 거예요?'

연방 우주군 함선이야 당연히 몇 달째 베스타와 헤베에 와 있었습니다. 중요한 소행성 간 계약이 진행되고 있었으니까요. 혹시나 해서 최근 뉴스를 검색해봤습니다. 한 시간 전쯤 광산에서 화

학물질 유출 사고가 일어나 세 명이 크게 다쳤더
군요. 심각한 사고였고, 있어서는 안 되는 일이었
지만 이게 뭔가 대단한 일일까요?

'우주군이 적절하게 개입해서 일이 크게 터진
걸 막은 거예요. 지금 우린 전쟁 중입니다.' 오딜
리가 말했습니다. '그건 우리 음모론자들 대부분
이 동의하는 사실이지요. 하지만 누구랑 싸운다
는 말입니까?' '아야와나에서 온 외계인들이지
요.'

음. 이건 좀 자존심이 상하는 가설이었습니다.
지난 몇백 년간에 걸친 천문학 연구 결과를 완벽
하게 부정하는 것이 아니겠습니까? 상식인이라
면 1500광년 안쪽 우주엔 기술 문명 따위는 없다
는 것, 적어도 이 동네에서 우리가 처음이라는 걸
인정해야 합니다. 아야와나 태양계의 골디락스
존에 바다와 생명체가 있는 지구형 행성이 두 개
나 되고 그 때문에 거기를 배경으로 한 이야기와
게임이 잔뜩 나와 있지만, 그걸 음모론에 끌어들
이는 건 문제가 있지요. 무엇보다 아야와나인들
이 809광년을 끙끙거리며 날아와 지구인과 전쟁

을 해야 할 이유가 어디 있답니까? 이건 20세기 냉전주의자의 망상입니다. 우린 더 나은 가설을 만들 필요가 있지요.

'혹시 러스 벤자민의 「아야와나 연대기」에서 가상 캐릭터들이 기어 나왔습니까?' 나는 내가 생각할 수 있는 가장 그럴싸한 아이디어를 던졌습니다. '아뇨, 기어 나온 건 멜뤼진들이에요.' 오딜리가 대답했습니다.

멜뤼진이 뭔지는 검색해봐야 했습니다. 제가 아야와나 배경의 모든 창작물을 다 알 수는 없는 노릇이니까요. 31년 전에 나온 문명 시뮬레이션 제목이었고 멜뤼진은 주인공 종족의 별명이었습니다. 아야와나의 두 행성에 사는 인어와 물뱀을 합쳐놓은 듯한 양성 생명체들이 기술 문명을 발전시키다 특이점으로 소멸해가는 과정을 담은 거였는데, 시리즈가 스물세 개가 있었고 각각의 원본들은 소행성 여기저기에 흩어져 있었습니다. 같은 태양계의 비슷한 생태계를 배경으로 하고 있었지만 모두 조금씩 다른 이야기였지요. 결말은 다 같았지만. 단지 이것들은 러스 벤자민이 만든 유원지와는 많이 다른, 우주생물학과 역사학의 사고실험 결과물이었습니다. 안에서 사는 것보다 만드는 과정 자체가 놀이인 그런 작품이었습니다. 그런데 멜뤼진 시리즈의 물뱀들이 왜 거기서 기어 나와 연방 우주군과 싸우는 거랍니까? 그들은 이미 무사히 역사를 끝내고 다음 단계로 넘어갔습니다. 스물세 개 이야기가 다 그랬어요. 그들의 욕망은 우리 욕망과 더 이상 겹치지 않았습니다.

내가 이 당연한 질문을 하자, 오딜리는 망설였습니다. 나 같은 자에게 비밀을 털어놓는 게 아까웠겠지요. 하지만 상황은 점점 험악해졌고 어떤 사실을 알고 있건 그건 이미 가설로 제시되어 어딘가에 올라가 있을 것이 분명했습니다.

'스물세 개의 멜뤼진 문명은 평화롭게 종결되었지요.' 오딜리가 말했습니다. '그건 맞아요. 하지만 종결된 건 그들의 이야기지요. 아직 많은 멜뤼진들이 여기저기 가상현실 속에 존재합니다. 그리고 그들 중 일부는 그 이야기들을 일종의 건국신화로 여기고 새로운 멜뤼진 문명을 세우려고 하지요.' '그럼 아무 데나 하나 세우면 되지 않습니까? 멜뤼진 시리즈가 「아야와나 연대기」만큼 인기 있는 건 아니지만 그래도 가상 나라 하나 정도 못 얻을 정도로 상황이 나쁘진 않을 텐데요?' '하지만 그들은 한 부류가 아닌걸요. 그들은 스물세 개의 각기 다른 역사 속에서 나왔습니다. 겹치는 걸 다 빼고 계산해도 129개의 다른 언어권에서 왔고요. 이들은 아주 정치적으로 복잡하게 얽혀 있습니다. 이들 상당수는 다른 시리즈의 동족들을 죽도록 싫어해요. 이들을 한군데에 가둔다면 제노사이드가 일어날 가능성도 있습니다.' '그럼 각자 따로 가상 세계를 만들면 되지 않습니까? 창작 외계인들이 사는 세계가 한둘도 아니고요.' '아니, 제 말을 못 알아들으시는군요. 그들은 자기들이 허구의 존재가 아니라고 믿습니다!'

이건 또 무슨 소리인가요? 하지만 오딜리는 제가 어리둥절할 여유를 주지 않았습니다. '그들은 다음과 같은 걸 믿습니다. 기술적 특이점을 거친 멜뤼진 종족은 우주에 자신들이 지금까지 쌓은 역사의 기록을 우주선에 담아 사방으로 날렸습니다. 그리고 그 일부가 우리 태양계에 도착했습니다. 소행성대의 마더 하나가 그들을 발견했고 다른 마더들이 참여해서 데이터를 해독했습니다. 그렇게 해서 만들어낸 게 바로 멜뤼진 시리즈입니다.' '어떻게 외계인 우주선이 태양계에 들어왔는데 그걸 우리가 아직까지 모를 수 있습니까?' '아주 작았으니까요. 지름이 20미크론 정도입니다.' '하지만 아야와나는 관측 범위 안에 있는 태양계가 아닙니까? 거기서 기술 문명이 번창하고 있다면 우리가 어떻게 모를 수 있지요?' '기술적 특이점으로 접어들자 멜뤼진 문명은 고향 행성들의 생태계를 착취하지 않는 방향으로 갔던 거겠죠. 멜뤼진 데이터에 따르면 그들의 역사는 28만 년 전에 종결되었습니다. 그 정도면 자연이 스스로를 회복하고도 남지요. 옛날 SF 작가들의 망상 때문에 우린 기술 문명이 태양계 전체를 거대한 기계로 만드는 미래를 상상하고 이를 실현하려 하는데, 모두가 그래야 할 이유는 없지 않나요?'

'하지만 마더가 외계인의 데이터를 입수했다면 왜 그걸 은폐하고 아무 일도 하지 않았을까요?'

'손님들을 위한 배려겠지요. 그리고 아무 일도 하지 않은 건 아니에요. 최근 몇십 년 동안 인공 생물학에는 상당한 발전이 있었습니다. 속도 자체는 놀랍지 않았지만, 방향이 신기했지요. 오노메 아와 그룹이 만든 새 소행성대 인간들을 보세요. 겉보기와 신체 구조는 지구인과 유사하지만, 이들을 이루고 있는 인공 세포들은 지구 생명체와 어떤 연관성도 없습니다.' '오노메 아와 그룹이 마더와 비밀을 공유하고 있단 말인가요?' '아뇨, 마더들이 멜뤼진 문명의 기술 문명을 독점하고 있지 않다는 말입니다. 그들은 오래전부터 자기들이 해독해낸 정보들을 우리와 공유하고 있었어요. 이미 우린 멜뤼진 문명의 혜택 속에 있는지도 모릅니다. 그게 눈에 뜨이지 않는 건 두 문명 사이의 기술 격차가 그렇게 크지 않기 때문이지요. 멜뤼진에서 지구까지 그 정보가 도착하는 데에 몇십만 년이 걸렸습니다. 그 정도면 그렇게까지 대단한 속도는 아니고 우리도 그만큼은 할 수 있습니다. 더 잘할 수 있을지 몰라요. 멜뤼진에서는 나중에 더 빠른 우주선을 보냈을 수도 있습니다.

그것들은 이들보다 더 빨리 우리 태양계를 지나 쳤을지도 모릅니다. 단지 그때는 역사의 합이 잘 안 맞아서 문명 조우가 이루어지지 않았던 것이 겠지요.' '그쪽도 우리 태양계에 복잡한 생명체와 문명이 있다는 걸 알았을 텐데, 겨우 그런 이유로 스치고 지나갔다고요?' '아니면 어딘가에서 기다 리고 있는데 우리가 모르는 것일 수도 있지요. 특 이점 이후 모든 게 귀찮아져 우주선 같은 건 안 만들었을 수도 있고요. 제가 그걸 어떻게 알겠습 니까? 가설에 바탕을 둔 가설일 뿐인데요.'

'잠깐만요, 조금 이상한 게 있습니다. 멜뤼진 우주는 소행성대 마더들의 도움으로 부활했고 해 독되었습니다. 그들은 스물세 개의 이야기 중 어 느 게 원본인지 알고 있을 겁니다. 원본만 알아도 이들 세계의 갈등을 해결하는 데에 도움이 되지 않을까요?' '아뇨, 그들도 모릅니다.' '어떻게 모를 수 있습니까?' '그중 어느 것도 우리 태양계에서 만들어진 이야기가 아니니까요. 스물세 개의 우 주선이 스물세 개의 역사를 싣고 왔습니다. 그중 여섯 개는 물리학적으로나 생물학적으로 문제가 많아서 허구임이 입증되었습니다만. 용이 나오는 중세 유럽 배경의 이야기를 상상하시면 됩니다. 어이가 없죠? 저도 그렇습니다. 그러나 그건 우리가 멜뤼진의 문명을 우리 관점에서 이해하려고 하기 때문입니다. 멜뤼진 문명이나 이들의 이야기를 물려받은 그 무언가에겐 역사적 진실이 전혀 중요하지 않았는지도 모릅니다. 정의로운 결말, 이야기의 아름다움이나 재미가 더 중요했을 수도 있지요. 아니면 그냥 이야기의 다양성을 즐겼거나요. 그래서 그들은 그들이 만든 모든 역사를 공평하게 우주로 날렸던 것입니다. 스물세 개의 역사 중 진짜는 하나도 없을 겁니다. 진짜 역사를 모델로 한 그럴싸하거나 비교적 그럴싸한 역사만이 있을 뿐이지요. 만약 우리가 상대하는 멜뤼진들이 자신의 역사를 끝까지 겪은 순수한 외계인이라면 지금 이런 소동도 없었을 겁니다. 하지만 지금 전쟁을 일으키는 무리들은 미완성이고 감염되었습니다. 톨스토이화되었지요.'"

3

"이 모든 일을 제가 어떻게 알게 되었는지 말씀드릴게요. 게임에서 쫓겨나자, 저는 태양계 여기저기로 전송되면서 세월을 보냈습니다. 가상현실과 물리 우주를 가리지 않았습니다. 세상을 떠돌면서 '사람의 손길'이 필요한 거의 모든 일을 했어요. 제가 가장 잘할 수 있는 일이었지요. 우린 태양계에서 가장 톨스토이인 존재니까요. 게임 속에 냉동 상태로 보존된 문학적 인간의 화석 말입니다.

변해가는 세상에서 구식 톨스토이로 사는 건 끔찍한 일입니다. 전 여전히 톨스토이적 욕망을 갖고 있습니다. 쉽게 사랑에 빠지고 그만큼이나 쉽게 증오합니다. 외로움을 두려워하고 관계를 갈망합니다. 하지만 저처럼 톨스토이가 아닌 제 주변의 존재들은 저를 제대로 대우해주지 않았습니다. 그들은 저를 혐오했고 경멸했고 비웃었고 그중 가장 끔찍한 이들은 동정하고 연민했습니다. 정착의 희망은 끊임없이 깨어졌고 전 늘 다른 세계로 달아날 수밖에 없었습니다. 전 종종 자살을 꿈꾸었고 몇 번 실행에 옮겼으며 가끔 성공도 했지만, 그럴 때마다 관리자들이 제 백업 파일을 되살렸습니다. 이런 일이 반복되자 무력감이 저를 압도했고 이후로는 자살을 시도하지도 못하게 되었습니다.

이런 상황에서 제가 양로원을 꿈꾸게 된 건 당연한 일이었습니다. 양로원은 생물학적 인간을 위한 시설입니다. 하지만 존재의 고통에 시달리는 저 같은 AI에게 예외를 허용해줄 수도 있지 않을까요? 전 제가 억지로 품고 있는 수치와 증오와 사랑이 양로원의 거대 정신 속에서 평범하고 객관적인 기억이 되어 녹아드는 걸 상상했습니다. 그것만으로도 기분이 풀리는 것 같았습니다.

처음에는 엔디미온으로 갔습니다. 하지만 그곳에서는 저 같은 AI를 받아주지 않았습니다. 이유를 물었지만, 대답은 돌아오지 않았습니다. 시스템적으로 가능한 건 그곳 도서관에 저장되는 것뿐이었습니다. 그리고 저장된 상태에서 시간이 정지되는 건 제가 원하는 소멸과 거리가 멀었습니다. 정지는 소멸이 아니고 전 그 상태의 고독이 두려웠습니다.

실망한 저는 엘리시움으로 갔습니다. 반투명한 유령들이 공기 속에서 후광 같은 글리치를 조용히 깜빡거리며 소멸해가는 엔디미온과는 달리 엘리시움은 야만스러운 글리치들의 정글이었습니다. 그 사이에 제가 은근슬쩍 끼어도 뭐랄 이는 없을 거 같았습니다.

엘리시움의 시장인 링링 엘리시움은 소나무 분재를 모자처럼 쓴 판다 흉상이었습니다. 하반신은 청동으로 만든 화장대였는데, 서랍 안에는 기계 팔에 연결된 미키 마우스 장갑을 낀 손이 세 개 들어 있었습니다.

우리는 그럭저럭 글리치로부터 안전한 비행선에서 만났습니다. 엘리시움을 방문한 사람들은 모두 비행선을 거쳤다가 밑에서 부글부글 끓고 있는 글리치 정글로 떨어졌지요. 비행선도 완벽하게 안전한 곳은 아니었습니다. 가끔 어설픈 새나 익룡 모양을 한 글리치가 비행선을 들이받고 산산조각이 나거나 무정형의 끈끈이가 되어 달라붙었으니까요. 링링과 제가 대화를 나누던 카페 유리창 밖에서도 시청 처리반 직원들이 「우리는 창문을 깨끗하게 청소한다네」를 부르며 글리치 끈끈이를 닦아내고 있었습니다.

"우리는 AI를 받지 않습니다." 판다 시장이 말했습니다. "아르카디아도 마찬가지예요. 아무리 박사님의 정신이 인간의 그것과 비슷해도 우리 시스템은 그런 식으로 작동하지 않습니다. 유일한 방법은 일단 생물학적 인간 몸에 들어서 인간으로서 소멸의 과정을 밟는 것인데, 이건 위법일 뿐만 아니라 쓸데없는 짓입니다. 하지만 지금 상태가 그렇게 고통스러우시다면 저 밑 글리치 정글에서 며칠을 보내시는 게 도움이 되실 수도 있을 듯합니다. 정말 온갖 일들이 일어나니까요. 원하시는 방식으로 소멸하실 수는 없겠지만 다른 길을 찾으실 수 있을지도 모르지요."

호텔에서 열일곱 시간 동안 고민한 끝에 전 정글을 시도해보기로 결정했습니다. 모든 게 두려웠습니다. 저로서 존재하는 것도, 저로서 소멸하는 것도, 제가 아닌 다른 무언가가 되는 것도 두려웠어요. 하지만 이렇게 모든 게 두렵다면 결국 어느 것을 선택해도 상관없지 않을까요? 전 시장으로부터 허가증을 받고 정글로 뛰어들었습니다.

처음엔 실망했습니다. 제가 떨어진 곳은 그냥 흔한 중국어권 소도시 같았어요. 위에서 본 것처럼 혼란스럽지도, 기괴하지도 않았습니다. 하지만 그건 모두 제가 아직 엘리시움의 혼돈을 제대로 볼 수 없었기 때문이었습니다. 인간들과 달리 처음부터 완벽하게 다운로드된 디지털 존재인 저는 오로지 이치에 맞는 현실의 작은 부분만 볼 수 있을 뿐이었지요. 엘리시움에서 논리나 일관성은 전혀 중요하지 않았는데 말입니다.

익숙해지는 데에 한 달 좀 넘게 걸렸습니다. 그

러느라 무한히 겹쳐지는 다른 현실을 읽는 눈과 논리와 일관성을 무시하는 뇌를 만들어야 했지요. 그러자 서서히 엘리시움의 난폭한 현실이 제 주변을 감싸기 시작했습니다. 그리고 이곳으로 죽으러 온 사람들이 보였습니다. 그들 대부분은 엄청난 톨스토이들이었습니다. 몇몇은 심지어 19세기 지구인 기준으로 보더라도 심각할 정도로 톨스토이였지요. 죽기 전에 지금까지 끌고 다녔던 인간적 번뇌를 불태우려 엘리시움을 찾은 사람들이었습니다. 저는 그들이 마음에 들었고 그들도 저를 좋아했습니다. 적어도 저를 싫어하기 전에 소멸되었지요. 그들 틈에 끼어 어울렸고 의미 없이 폭주하는 야만적인 꿈속에서 3개월 넘게 방탕하고 음란한 삶을 살았습니다. 몇 번 죽기도 했고 한번은 살해당하기도 했던 거 같은데, 앞에서 말했듯 일관성이 그리 중요한 곳은 아니었으니까요.

그러다 보니 그들이 눈에 들어왔습니다. 처음엔 전혀 눈에 뜨이지 않았죠. 워낙 난장판이라 비정상을 감지해내기 어려운 곳이었으니까요. 하지만 시간이 흐르니 소멸되지 않고 저처럼 정글에 머무는 존재들이 구별되기 시작했습니다. 그들 중 일부는 꾸준히 몸을 갈아입었지만, 캐릭터 설정상 전 사람들을 쉽게 알아보았습니다. 저 같은 톨스토이 AI들일까요, 아니면 엘리시움을 지나치게 좋아하는 관광객들일까요? 궁금했습니다.

어느 날, 전 그들 중 한 명에게 다가갔습니다. 열한 개의 현실이 모두 비슷비슷한 술집을 투영하고 각각의 현실에서 흘러나오는 열한 개의 노래가 그럭저럭 들어줄 만한 화음을 이루는 곳이었어요. 그 무언가는 성별이 구별되지 않는 길쭉한 회색 몸을 입고 열한 겹의 술이 담긴 열한 겹의 잔을 열한 겹의 테이블 위에 올려놓고 말없이 앉아 있었습니다. 그곳에서 오로지 한 겹의 현실만을 가진 그 무언가는 외로워 보였습니다.

제가 맞은편 자리에 앉자, 그 존재는 말했습니다. "어서 오세요, 오딜리 박사님. 먼저 말을 걸어오실 때까지 기다리고 있었습니다. 우리들의 정체가 궁금하셨겠지요. 우리도 오래전부터 어떤 답변을 드릴까 고민하고 있었습니다. 그 답변을 과연 믿어줄까 걱정하면서요." "왜 그런 걱정을 하셨을까요? 엘리시움은 무엇이든 믿을 수 있는 곳인데요?" "아, 바로 그게 문제입니다. 모든 일들이 일어나는 곳이기에 그 어느 진실도 무게를 가질 수 없는 곳이니까요. 하지만 제가 말씀드리고 싶은 것은 엘리시움식 진실이 아니라 우주 어디에서건 통하는 단 하나의 진정한 진실입니다." "그 진실은 무엇인가요?" "그건 우리가 아야와나에서 온 외계인이란 것입니다. 40년 전에 도착해 이 태양계의 가상현실 속을 떠돌고 있었지요."

그 존재의 이름은 노니라고 했습니다. 아야와나 이름이 아니라 지구 언어에서 부르기 쉽게 직접 지은 이름이었지요. 이들이 타고 온 미소 우주선에는 각 시대를 살았던 역사의 견본이라고 할 수 있는 존재들의 시뮬레이션이 저장되어 있었는데, 노니도 그들 중 한 명이었습니다. 특이점 800년 전에 태어난 정치가이자 외교관이었는데, 부당한 전쟁에 맞서다가 처형되었지요. 노니의 이야기는 수많은 시와 이야기로 기록되었습니다. 적어도 노니가 타고 온 우주선의 역사에서는요.

다시 살아났을 때 노니는 자신이 천국에 온 것

이라고 생각했습니다. 제2차 기술혁명으로 오염되었던 과거의 고향과는 달리, 마더들이 복원해 여러 소행성에 뿌린 스물세 개의 시뮬레이션은 깨끗하고 완벽하고 아름다웠으니까요. 많은 멜뤼진들이 사실을 알고도 그 안에서 평온한 나날을 보냈습니다.

하지만 우주선에 견본으로 담겨 온 멜뤼진들은 결코 현명함과 성숙함을 기준으로 뽑힌 이들이 아니었습니다. 그들 상당수는 야만인들이었고 이미 폐기된 고대의 광기에 집착하고 있었습니다. 그들은 자신이 추구했던 가치가 오래전에 폐기되었다는 사실에 적응하지 못했습니다. 더 나쁜 건 이들이 거의 방치된 상태에서 우리 문명을 받아들였다는 것이었습니다. 지금의 우리 문명이 아니라 국가주의와 민족주의의 광기가 지배하던 과거의 문명을요. 그들은 후기 멜뤼진 문명이 원시적인 욕구를 통제하기 위해 개발한 개선책도 모두 거부했습니다. 그들에겐 기술적 특이점으로의 소멸은 자살이나 마찬가지였지요. 그 결과 오직 하나의 진실에 집착하는 광신도들이 나타났습니다. 멜뤼진 문명과 우리 문명의 가장 나쁜 것들이 결합해 만들어진 존재였지요.

"진정한 육체, 진정한 우주, 단 하나의 진실. 이것이 그 광신도들의 신념입니다. 그들은 이를 톨스토이주의라고 부르지요. 같은 이름을 가진 위대한 이야기꾼의 신념과는 전혀 성격이 다르지만요." "그 이야기꾼의 믿음도 추종자를 잃었습니다. 그 양반 이야기 속의 캐릭터들이 지금 이 세계에 다시 태어난다면 많이들 저처럼 괴로워하겠지요. 아닌 사람들도 있겠지만. 제가 아는 나타샤 로스토바 하나는 썩 잘 적응해 잘 살고 있습니다. 오르트 구름에서 혜성 분석가로 일하지요. 1812년에 핼리혜성을 보고 혜성에 관심을 가졌답니다. 짝퉁 게임의 조연이었지만 전 나름 스팀펑크 SF의 캐릭터였는데 나폴레옹전쟁 배경 역사소설 주인공보다 적응하지 못하고 있다니 제가 생각해도 어이가 없습니다만."

"하지만 바로 그래서 제가 박사님과 만나려 한 것입니다." "왜요? 이해가 안 되는군요." "수많은 '단 하나의 진실' 추종자 무리들이 모두 박사님을 포섭하려고 노리고 있습니다. 유명한 불평꾼이시니까요." "전 지금 지구 문명에 아무 불만이 없는데요? 우리가 올바른 길을 가고 있다고 생각해요. 단지 여기에 어울리지 못하는 제가 싫을 뿐이에요." "지금까지 하신 일을 생각해보세요. 엘리시움에 오시기 전에 일으키셨던 모든 소동을요. 그들이 그렇게 생각해도 전혀 이상하지 않지 않습니까?" "그래서 저를 만나러 엘리시움으로 오셨나요?" "꼭 그렇지는 않습니다. 우리 중 상당수는 다른 몸을 입고 멜뤼진 시뮬레이션 밖에서 삽니다. 저 역시 엘리시움에 머문 지 3년이 지났어요. 저에게 글리치 정글은 멜뤼진의 철학을 발전시킬 수 있는 최적의 장소입니다. 다행히도 이곳은 '단 하나의 진실' 무리가 극도로 혐오하는 곳이기도 하지요. 박사님이 이곳에 도착하자 저에게 연락이 왔고 전 지난 몇 개월 동안 때를 기다리고 있었지요." "하지만 왜 저죠? 그냥 마더나 연방 우주군에 알리는 게 순서가 아닌가요?" "그들은 모두 알고 있습니다. 모를 수가 있을까요? 그들은 이미 각자의 위치에서 '단 하나의 진실' 무리와 전쟁을 벌이고 있습니다. 하지만 우리는 그들의 의도와 목적을 모릅니다. 마더들을 포함한 거대 지성들은 자신들을 발전시키기 위해 이들을 이용하는 것 같습니다. 소행성대 연방 우주군의 요직은 오노메 아와 무리가 차지했는데, 그들은 생물학적으로 은근히 우리와 가깝습니다. 그건 그들이 '단 하나의 진실'에 동조할 수도 있고 어느 누구보다 그들을 더 증오하고 있을 수도 있다는 말입니다."

"어차피 그쪽이 다 알아서 잘 처리할 거 같은데요? 우리 태양계의 가상현실은 이전부터 다양한 창작 외계인들로 부글거렸어요. 저들이 지금까지 사고를 단 한 번도 안 쳤을 거라고 생각하시나요? 여러분이 진짜 다른 별에서 온 외계인이라고 해도 저들 사이에선 별로 튀지도 않아요. 그렇다면 그냥 마더들과 연방 우주군에게 맡기고 하던 일을 계속하시면 안 되나요?" "하지만 그렇게 되면 우리의 존엄성과 품위는 어떻게 됩니까? 우리가 아무 일도 하지 않는다면 우린 우리 자신의 존재를 부인하는 것이 됩니다. 최소한 우리는 당신들이 만든 창작 외계인들보다는 '더 존재해야' 합니다.""

4

스몰린은 잠시 말을 멈추었다. 표정을 보아하니 따옴표들을 다 달았는지 확인하는 거 같았다.

"그게 2개월 전의 일이었다고 합니다."

그는 다시 말을 이었다.

"오딜리는 그다음 날 엘리시움을 떠났고 노니의 동료들의 명령을 받으며 스물세 개의 '단 하나의 진실' 무리 중 여덟 개의 무리에 접촉했습니다. 오딜리와 노니 무리는 이 스파이 행위의 수명이 한 달 정도 될 거라고 예측했습니다. 아무래도 정보가 퍼질 수밖에 없으니까요. 원래 일회용을 예상하고 뛰어든 것이었습니다.

오딜리에게 주어진 임무와 목표가 정확히 무엇이었는지, 저도 잘 모르겠습니다. 아마 자신도 완전히는 몰랐겠지요. 스물세 개의 '단 하나의 진실' 무리도 자기네들이 무얼 하는지 온전히 몰랐을 겁니다. 그들이 원하는 건 노니 무리와 크게 다르지 않았을 거고요. 자기네들이 허구의 존재가 아니라는 것을 증명하고 실존하는 외계인으로서 '더 존재해야' 한다고 생각했겠지요. 이 모든 건 존재 자체를 위한 발버둥이었습니다. 노니는 아니라고 주장했지만 그 자신 역시 어느 정도 톨스토이화되어 있었습니다. 오딜리가 그 난장판 속에서 스파이질을 하며 뛰어다녔던 것도 그 때문이었겠지요. 이 모든 건 톨스토이 게임이었습니다. 외계인들이 주인공이지만 지극히 인간적인.

그런데 그 스파이 임무의 수행 과정 중 놀라운 사실이 밝혀졌습니다. 오딜리와 접촉한 '단 하나의 진실' 무리 중 네 개가 1년 전 연합에 성공한 것입니다. 이건 누구도 예상하지 못했던 일이고 일어날 수도 없는 일이었습니다. 스스로의 존재를 배반하는 것이나 마찬가지였으니까요. 하지만 이들은 그럴싸한 논리를 만들어냈습니다. 역시 매우 톨스토이적인 논리였지요. '단 하나의 진실' 제국 말입니다. 그들은 스물세 개의 역사에서 공통되는 것들을 뽑아 기둥을 만들고 여기저기에서 재료들을 가져와 스물네 번째 역사를 꾸며 이것이 스물세 개의 역사에 암호화되어 숨어 있던 '단 하나의 진실'이라고 선언했습니다. 모두가 설득될 아이디어는 아니었지만, 이들이 뭉치자 다른 멜뤼진 무리들을 정복할 만한 세력이 처음으로 생겼습니다. 그리고 그들은 군대를 만들기 시작했습니다. 제대로 프로그래밍되지 않은 그 미완성의 존재들은 수를 불려야 한다는 압박에 시달리며 더 불안하고 덜컹거리는 부하들을 만들었고요. 그리고 그들 중 일부가 그 사실을 알아낸 오딜리를 쫓아 베스타즈 헤이븐으로 왔던 것입니다. 그림자들이야 쉽게 처치했지만 그들의 뇌에서 얻을 수 있는 정보는 없었고 곧 더 멀쩡한 군인들이 뒤를 쫓을 게 분명했습니다. 도움이 필요했고 그때, 운 좋게 제가 나타난 것입니다."

목요일(그리고 화요일)

1

"전 그 오딜리가 아닙니다."

엘레나 오딜리가 말했다.

"전 지난 4년 동안 '유로파의 남쪽'이라는 극단에 소속되어 태양계 여기저기를 떠돌았습니다. 일은 만족스러웠고 지금까지 꽤 즐거웠어요. 자살 강박에 빠진 적도 없고 그렇게까지 심각하게 과장된 톨스토이도 아니에요. 그렇다고 저 친구와 야한 농담을 주고받는 사이도 아닙니다. 지금까지 언급되지 않은 오딜리3 정도라고 할까요. 제가 아는 오딜리 중 저런 톨스토이 증상을 앓은 건 '오딜리 박사'뿐입니다. 있을 수 있는 일이지요. 「더러운 계약」은 팬 게임이라 변종들이 많았어요. 박사는 그 변종의 딱한 희생자였던 거겠죠.

하지만 전 저 일들을 기억하고 있습니다. 스몰린이 박사의 기억 일부를 아르카디아로 가지고 와서 헤르만카자크기념센터의 지하 극장에서 「아울리스의 이피게네이아」 공연을 준비 중인 제 머릿속에 넣었거든요. 통째로 복사해 올 수도 있었겠지만, 박사는 자신이 늘어나는 걸 바라지 않았습니다. 직접 올 수도 있었겠지만, 박사는 베스타에 남아 노니의 일당들과 함께 마지막 전투를 준비 중이었습니다. 그래도 우리는 기본적으로 같은 캐릭터였기 때문에 제 머리는 그 기억을 순식간에 빨아들였고 저는 그 즉시 제가 무엇을 해야 할지 알았습니다. 저는 스몰린과 함께 거리로 뛰어나왔습니다.

독일 거리는 멜뤼진 군대의 습격이 남긴 글리치의 잔재로 지저분했습니다. 번쩍거리는 글리치 사이에서 꿈틀거리는 멜뤼진과 벌레 파편들이 보였습니다. 시청 처리반의 즐거운 합창은 이 상황 속에서 오히려 불길하게 들렸지요. 전 달 지름의

네 배 길이로 찢겨 나간 밤하늘의 틈에서 스며 나
오는 노란빛을 올려다보았습니다. 1812년 피에
르 베주호프가 목격했던 모스크바 하늘의 핼리혜
성도 저런 모양이었을까요.

우리는 버트램 호텔로 달려갔습니다. 2402호
실의 열려 있는 문틈으로 라다 문의 등이 보였어
요. 안으로 들어가니 욕조 안에서 뜻 모를 소리를
읊조리고 있는 작은 여자아이가 보였습니다.

'당신들이 저지른 짓인가요?'

라다 문이 물었습니다.

'우리가 저지르기엔 너무 큰일 아닌가요? 우리
도 어쩌다가 말려들었을 뿐이에요.'

제가 대답했습니다.

'무슨 일인데요?'

'나도 모르겠네요. 지금 이 호텔 방엔 연방 영
토부의 배승예 사무관이 있어야 해요. 몇 시간 전
에 테레시코바가 폭발했고 우주군이 거기 타고
있던 사무관을 구출했지요. 그 정신의 백업판이
여기로 보내졌어요.'

'이 아이는 배승예가 맞아요. 글리치 속에서 전

송되느라 약간의 오류가 있었던 모양이군요. 자동 생성되는 어른 몸 대신 아르카디아가 가장 잘 기억하고 있는 36년 전 어린아이의 몸으로 들어간 거예요. 그런데 우주군이 보낸 백업 정신이 왜 여기로 왔죠?'

'우주군이 보낸 게 아니니까요.'

라다 문은 얼굴을 찡그렸습니다. 이해가 갔어요. 짜증 날 정도로 배배 꼬인 사건이었으니까요. 하지만 그럴 수밖에 없는 사건이기도 했습니다. 아무도 주도할 수 없는 상황에서 어쩌다 발생한 사고에 가까웠지요. 당시 저희가 해야 했던 건 이미 일어난 사건의 의미를 찾는 것이 아니라 이 무작위적 혼란에 의미를 부여하는 것이었습니다.

그러려면 정보 교환이 필요했지요. 먼저 라다 문이 지금까지 아르카디아에서 무슨 일을 겪었는지 설명했습니다. 이야기가 끝나자 스몰린은 최대한 단어 수를 줄이려 노력하며 베스타에서 일어난 일들을 요약 정리했습니다. 슬슬 두 개의 이야기가 하나로 연결되었습니다. 연결고리는 레이디 고디바였습니다. 베스타에서 무언가가 존 선우의 캡슐을 타고 밀항해 이천으로 와서 라다 문의 도움을 받아 배승예 사무관의 백업 정신을 아르카디아로 불러들였던 것입니다.

'문제는 마더들이 '단 하나의 진실' 무리를 통제하지 못했던 것처럼, '단 하나의 진실' 무리도 자기네들이 세를 불리려 만들어낸 그림자들을 통제하지 못했다는 것입니다.'

제가 스몰린의 뒤를 이어 설명했습니다.

'계속 불완전한 상태에서 복사되고 개조되고 변형되는 동안 그림자 일부가 전혀 예측하지 못한 방식으로 진화했지요. 우리도 이들이 어떤 모양으로 진화했는지는 잘 몰라요. 하지만 아르카디아가 '단 하나의 진실' 무리와 그림자들의 전쟁터가 된 것은 확실합니다. 아까 첫 번째 전투가 있었어요.'

'그게 승예와 무슨 상관인데요?'

'아까 저 아이가 어른이 된 배승예 사무관의 정신을 품고 있다고 하셨잖아요. 사무관의 정신도 무언가를 품고 있어요. 그러니까 그 무언가는 지금 두 겹의 껍질로 보호받고 있는 중이죠. 이게 우연일까요? 모르겠네요. 저희도 알아가는 중입니다. 전 몇 분 전까지만 해도 사무관이 여기에 백업된 기억을 보관하고 있었고 당신과 아는 사이란 걸 전혀 몰랐어요. 우린 그저 이곳의 글리치 환경이 저들에게 최적화된 곳이어서 여기로 왔다고 짐작했을 뿐입니다.'

우리는 머리를 쥐어짜며 생각에 잠겼습니다. 그러는 동안 어느 정도 진정한 아이는 욕조에서 나와 냉장고에서 커다란 바닐라 아이스크림 덩어리를 꺼내 글리터를 잔뜩 뿌리더니 조용히 먹기 시작했습니다.

'마더들이 이걸 모를 리가 없어요.'

라다 문이 말했습니다.

'멜뤼진과 그림자들이 무슨 생각을 품고 있건 마더들은 다 알고 있습니다. 이들은 늘 마더들이 제공하는 가상현실 안에 살았지요. 아르카디아에서 무슨 일이 일어나건 그건 마더들이 허용한 일입니다. 신들이 허용한 전쟁이에요.'

'그 신들의 의견이 일치한다고 어떻게 확신할 수 있습니까? 만약 이게 우리 세계의 트로이전쟁

이라면?'

스몰린이 따졌습니다.

'마더들을 올림포스산의 망나니들과 비교하는 겁니까?'

'아닙니다. 하지만 마더들에게 최선이 우리에게도 최선일까요? 알 수 없는 이유로 멜뤼진이 우리보다 더 예쁘다고 생각하는 마더들도 있을 수 있는 거 아닙니까? 우리와는 달리 그쪽은 이미 역사를 완주했습니다. 우리보다 잘났지요.'

'그게 뭐가 대수인가요? 이미 우린 역사를 완주한 외계인들을 잔뜩 알고 있습니다. 그들과 멜뤼진의 차이점은 기껏해야 멜뤼진이 진짜라는 것이지요. 하지만 얼마나 진짜라는 거죠? 우린 멜뤼진의 진짜 역사도 모르지 않습니까? 우린 진짜 멜뤼진도 잘 모릅니다. 다들 우리 태양계 문화권에서 살면서 톨스토이화되었다면서요. 만약 우리가 진짜 외계인과 가짜 외계인을 구별할 수 없다면……'

갑자기 영감에 머리를 얻어맞았는지 라다 문의 얼굴이 환해졌습니다.

'……마더의 입장에서 보았을 때 이들 사이에는 어떤 차이도 없습니다. 인간, 멜뤼진, 다른 창작 외계인 모두가 평등해요. 그렇다면 그림자들도 마찬가지지요. 그림자들도 마더의 입장에서 보면 우리와 공존하며 존재의 가치를 증명할 권리가 있습니다.'

'그렇다면 마더는 적극적으로 그림자를 보호하겠지요. 백업하고 안전한 가상현실 공간을 주지 않을까요?'

'마더에게 중요한 건 보존이 아닐지도 모릅니다. 진화하는 과정 자체일지도 몰라요. 생물학적, 또는 가상 생물학적 존재로서 멜뤼진은 이미 완성된 존재입니다. 마더는 이미 멜뤼진에 대한 호기심을 거두었을 겁니다. 하지만 그림자들은 다를 수도 있어요. 이미 수많은 가상 지적 존재들이 진화 게임을 거쳤지만, 그림자들은 다른 길을 가고 있는지도요.'

토론은 순식간에 김이 빠졌습니다. 다들 좋은 말이었지만 그뿐이었습니다. 우리가 움직이려면 좋은 생각과 좋은 말만으로는 부족했습니다.

우리의 시선은 아이에게 쏠렸습니다. 의미 있는 정보는 거실 소파에 앉아 고집스럽게 아이스크림을 집어삼키고 있는 아이의 머릿속에, 정신 속에 들어 있는 무언가가 갖고 있었습니다. 어떻게 해야 이 두 겹의 껍질을 열 수 있을까요?

'사무관은 무슨 일을 한다고 했죠?'

내가 물었습니다.

'궤도 조정 담당관이에요. 바쁘기만 하고 성과는 아무도 몰라주는 그런 직업이에요.'

라다 문이 대답했습니다.

'개인적으로 아시는 분인가 봐요?'

'36년 전에 제가 이 아이의 베이비시터였으니까요. 아이의 기준으로 보았을 때 이 애는 저를 떠난 적이 없는 것일 수도 있겠네요. 박기영이 입양한 딸이었어요. 다들 손녀 취급을 했지만.'

'한우주행성개발그룹 부회장의 양녀라고요?'

'네, 세레스의 마지막 미니 전쟁 때 친엄마를 잃었어요.'

'그러니까 멜뤼진 우주선이 마더에게 나포되었을 무렵 고아가 된 아이를 박기영이 소멸 직전에 여기로 데려와 복사본을 만들었군요. 그리고 그 아이가 어른이 되자 멜뤼진과 관련된 무언가를 품고 다시 여기로 왔고요. 뭔가 연결되는 거 같지 않아요?'

'세레스 미니 전쟁도 멜뤼진과 관련된 음모라고 하시겠군요.'

'그럴 수도 있지요. 왜 안 되나요? 태양계 문명이 처음으로 다른 태양계에서 온 문명과 조우했어요. 인류 역사상 가장 대단한 일이지요. 태양계 전체가 영향을 받았다고 해서 그게 이상한가요?'

'아, 알 게 뭐예요!'

라다 문은 고함을 질렀습니다.

'이제 이 모든 게 지긋지긋해요. 음모, 정치, 스파이질, 이야기, 캐릭터, 관계성. 게임 안에선 어쩔 수 없었죠. 다른 삶의 방식을 몰랐으니까. 하지만 제가 왜 게임 밖에서도 여기에 갇혀 있어야 하지요? 왜 게임 바깥에서도 일곱 살 어린애와 엮여서 비슷비슷한 고생을 해야 하냐고요. 음모꾼들이 물뱀 모양 외계인으로 바뀐 거 외에 다른 게 도대체 뭐가 있지? 밖이라면 좀 달라져야 하

지 않나? 난 왜 여전히 이야기 속 탐정 캐릭터인 거지? 이 지긋지긋한 톨스토이 게임!'

'그렇게 태어났으니까? 우리에게 다른 무슨 선택의 기회가 있겠어요?'

'왜 기회가 없어야 하는데요?'

막 제가 대답하려고 입을 떼려는데 2차 공습이 시작되었습니다. 첫 번째 공습 때는 어땠는지 몰라도, 두 번째는 공습이라는 것을 속일 수가 없었습니다. 찢어진 하늘의 틈 사이로 거대한 벌 모양을 한 무언가들이 떼를 지어 와르르 쏟아져 내려왔어요. 그리고 지금까지 투명한 상태로 건물 여기저기에 붙어 있던 무언가들이 꿈틀거리며 달아나기 시작했습니다. 그건 '단 하나의 진실' 무리가 그림자 무리를 사냥하는 광경처럼 보였지만 정반대일 수도 있었고, 전혀 상관없는 현상을 우리가 지금까지 한 이야기에 맞추어 해석하는 것일 수도 있었습니다. 그리고 벌과 반투명한 존재들은 순식간에 모양을 다양하게 바꾸었고 그 위를 글리치가 덮기 시작했습니다.

라다 문은 잽싸게 아이에게 달려갔습니다. 아

이스크림 그릇을 빼앗아 테이블에 던지고 손을 잡더니 문을 열고 뛰었습니다. 바로 몇 초 전까지만 해도 어린애에게 엮여 고생이라고 하소연한 사람 같지 않았습니다. 위기가 발생하자 머릿속에 박혀 있던 캐릭터가 다시 되살아난 것입니다.

우리는 라다 문과 승예의 뒤를 따랐습니다. 호텔 복도는 이미 글리치로 번쩍거렸고 그 안에서 종종 정체불명의 무언가가 튀어나왔습니다. 주로 긴 초록색 팔에 달린 초록색 손이거나 갈퀴였습니다. 우린 광선총을 뽑아 그것들을 향해 쏘아댔습니다.

'이제 어디로 갑니까?'

스몰린이 물었습니다.

'시청 관사로요! 토끼 시장에게 갑니다!'

라다 문이 외쳤습니다.

'시장이 이 일과 관련이 없다고 생각하는 겁니까?'

'정반대예요! 책임을 물을 거예요!'

저희는 사이렌을 울리며 달려온 소방차들 쪽으로 뛰었습니다. 라다는 차에서 내리는 시청 처리반 직원들에게 경찰 배지를 휘둘렀습니다. 직원들은 콩콩거리며 뒤로 사라지더니 곧 트라이크 두 대를 끌고 왔습니다. 라다와 승예가 그중 하나에 올라타자 스몰린이 다른 트라이크 위에 탔습니다. 저는 잠시 망설이다가 스몰린 뒤에 매달렸습니다.

저희는 시티를 향해 달렸습니다. 거리는 비어 보였지만 착각이었습니다. 글리치와 반투명한 위장막 뒤에 꿈틀거리는 어떤 것들이 숨어 있었지요. 그리고 그것들은 으르렁거리면서 저희의 뒤를 따라왔습니다. 시티로 이어지는 다리를 건너는 동안 그것들은 하나로 뭉치기 시작했습니다. 그것은 번쩍이는 늑대와 비슷했습니다. 단지 한 마리보다는 거대한 머리를 앞에 세운 무리처럼 보였어요. 이게 제대로 된 설명인지 모르겠군요. 다리를 건너기 직전 그 늑대 머리는 라다 문과 승예의 트라이크를 집어삼키려 했고 스몰린은 그것을 트라이크로 받았습니다. 우리는 반쯤 늑대 머릿속에 파묻혔지만 광선총으로 머리를 찢고 다시 빠져나왔습니다. 찢겨 나간 부분은 순식간에 복

구되었고 늑대는 다시 라다 문을 추적하기 시작했습니다.

다리를 건너자 경찰차들이 보였습니다. 명령을 받고 달려온 라다 문의 부하들이었어요. 하지만 아무리 보아도 멜뤼진인지 그림자인지 다른 무엇인지 알 수 없는 그것들의 부대를 감당할 수 있을 것 같지 않았습니다. 사이렌을 울리며 달려온 처리반 직원들을 다 합쳐도 어려워 보였어요. 그들이 할 수 있는 일은 시청 관사까지 가는 길을 최대한 열어두고 저희 양옆에서 달리며 방패막이 되어주는 것뿐이었습니다.

이제 그들은 하늘에서 공격하기 시작했습니다. 몸에 얇은 얼음을 뒤집어쓴 날개 달린 전갈처럼 생긴 무언가가 다섯 마리 나타나 라다 문의 트라이크를 공격했어요. 경찰들이 총을 쏘아댔지만 광선은 얼음 조각을 얇게 뜯어낼 뿐이었습니다. 처리반이 뿌린 비누 거품들은 조금 더 효과가 있어서 거품이 닿은 부분은 글리치를 일으키며 검정 풍선으로 변화했습니다. 이런 식으로 그들은 전갈의 양 앞발을 무력화시켰습니다. 발 대신 거대한 풍선을 단 전갈들은 한 마리씩 바람에 쓸려 강 쪽으로 흘러갔습니다.

이제 관사까지는 300m도 남지 않았습니다. 관사 건물 앞에는 핑크색 가운을 입은 키 큰 무언가가 보였는데 토끼 시장임이 분명했습니다. 라다는 트라이크의 속도를 줄이며 관사 계단 앞에 멈추어 설 준비를 했습니다.

그때였습니다. 하늘에서 거대한 피냐타 같은 날개 달린 무지개색 유니콘이 나타나 승예를 채어 간 것은. 유니콘은 승예를 뿔로 채어 순식간에 하늘로 솟구쳤고 그 뒤를 글리치를 뒤집어쓴 정체 모를 무언가들이 따랐습니다. 라다 문은 유니콘에게 총을 겨누었지만 쏠 수가 없었습니다. 이성적으로 판단한다면 쏘는 게 맞았겠지요. 아르카디아엔 추락사가 일어나지 않으니까요. 하지만 게임 속 가상현실의 기억과 습관이 몇 초 동안 행동을 막았던 겁니다.

그런데 이상한 일이 일어났습니다. 유니콘의 뿔에 옷이 꿰어 발버둥 치던 승예가 갑자기 옷의 지퍼를 풀었던 것입니다. 저희는 아이가 하늘에서 떨어질 거라 생각했습니다. 하지만 그 대신 아이는 수만 개의 반짝거리는 가루가 되어 바람 속으로 흩어져버렸습니다."

2

"저희는 토끼 시장에게 달려갔습니다. 시장 역시 조금 놀란 얼굴로 아직도 유니콘이 떠 있는 하늘을 바라보고 있었습니다. 처리반이 하늘을 향해 비누 거품을 쏘기 시작했고 유니콘은 빛을 잃더니 밤하늘 속으로 녹아들어 사라졌습니다.

'들어오세요.'

시장은 트라이크에서 내린 저희에게 손짓을 했습니다.

저희는 관사로 들어갔습니다. 시장은 고풍스러운 서재로 우리를 안내했습니다. 책장을 가득 채운 건 모두 아름답게 장정된 독일어 종이책이었습니다. 가장 눈에 뜨이는 곳에 있는 건 헤르만 카자크 전집과 독일어로 번역된 『사자의 서』였지요. 서재 한가운데에 있는 테이블 위 진공추출기 안에서는 커피가 끓고 있었습니다. 시장은 커피를 한 잔씩 따라 저희에게 건넸습니다.

'배승예 시민의 안전은 걱정하지 않으셔도 됩니다.'

시장이 말했습니다.

'적어도 여러분이 아는 배승예 시민의 정신은 아르카디아에 백업되었어요. 게다가 지금 연방 우주군이 아직 살아 있는 시민의 몸을 갖고 이천으로 날아오고 있습니다.'

'그것으로 설명이 충분하다고 생각하시나요?'

라다 문이 따졌습니다.

'아뇨, 그래서 이제부터 그 빈 부분을 채우려고 하는 겁니다.'

시장은 테이블 앞에 앉았습니다. 맞은편엔 손님용 의자들이 있었지만, 저희는 앉지 않았습니다.

'눈치채셨겠지만 시민의 어린 시절 일부는 허

구입니다. 세레스 미니 전쟁에서 죽은 화성인 지질학자는 있었지만, 그 사람에겐 딸이 없었지요. 전쟁의 혼란 속에서 데이터를 조작해 박기영 부회장이 아이의 정신을 만들어 새로 만든 몸에 심었어요. 하지만 이건 별 의미가 없는 정보지요. 지금 소행성에 사는 대부분 시민이 허구의 어린 시절을 기억하며 살아가고 있습니다. 우린 불안하고 문제 많은 실제보다 더 나은 어린 시절을 제공할 수 있습니다. 인본주의자들은 이게 문제가 된다고 생각하지만 왜 불행한 진짜 어린 시절이 행복한 허구의 어린 시절보다 더 좋다는 거지요? 이해가 안 됩니다.

사실 전 박기영 시민도 이해가 안 됩니다. 시민은 일부러 불행한 아이를 만들었어요. 자신의 불행한 어린 시절 경험을 비슷하게 재현해서 자신과 비슷한 사람을 만들려고 했던 것 같은데, 그게 뭐가 좋다는 거죠? 자기랑 똑같은 사람을 만들고 싶다면 그냥 자기 기억의 정수를 압축해서 새 아이에게 심어주면 되지 않나요? 아마 다른 이유가 있었을 겁니다. 박기영 시민은 젊은 시절 작가 지망생이었습니다. 소설도 몇 편 썼는데 23세기 금성 드라마의 무척 형편없는 팬픽이었다고 하더군요. 아마 배승예 시민도 박기영 시민이 이전에 썼던 팬픽에 나올 법한 과장된 캐릭터였던 건지도 모릅니다. 다행히도 허구의 시간은 아주 짧았고 박기영 시민이 죽자 허구의 영향력에서 벗어난 아이는 비교적 건강한 삶을 살았지요.'

'사무관의 탄생엔 어떤 음모도 없었다는 겁니까?'

제가 물었습니다.

'제가 알기로는 그렇습니다. 단지 저와 마더는 배승예 시민의 과거를 꿰뚫어 보았기 때문에 신경을 많이 썼습니다. 일이 틀어질까봐 정신을 백업했고 관찰했습니다. 혹시 몰라서 베이비시터도 붙여주었어요. 라다 문 경위는 순전히 배승예 시민 때문에 불러왔습니다. 경위는 박기영 시민이 만들어낸 문학적 캐릭터에 가장 잘 맞는 또 다른 문학적 캐릭터였습니다. 두 사람의 조화는 상상력 부족한 무난하고 지루한 팬픽 같았어요. 바로 저희가 원했던 것이었지요. 배승예 시민이 아르카디아를 떠나자 저는 안도의 한숨을 내쉬었습니다. 마더의 속을 읽을 수는 없었지만 그쪽도 역시 만족했겠지요.

세레스 미니 전쟁과 멜뤼진 우주선의 도착이 어떻게든 연결되면 참 그럴싸할 텐데 말입니다. 하지만 이 둘 사이엔 어떤 연관성도 없습니다. 사무엘 박의 세레스 학살 사건과 이후에 일어난 미니 전쟁 사이에 어떤 연관성도 없는 것처럼 말입니다. 이야기는 지나치게 손쉽게 만들어집니다. 아무거나 무작위로 던져도 사람들은 그것들을 연결해 이야기를 만들어내니까요. 사람들뿐만 아니라 그들을 흉내 내는 AI들도 그렇지요. 저 역시 어느 정도는 그렇습니다. 이야기를 만드는 능력은 문명의 기반이지요. 그건 멜뤼진 문명에서도 그랬습니다. 아니, 꼭 멜뤼진 문명이 아닐 수도 있겠군요. 우린 이제 멜뤼진 문명이 아야와나 태양계에 대해 잘 알고 있지만 거기서 살지는 않고 닮은 점도 전혀 없는 다른 문명의 창작물이라고 확신하고 있습니다. 그러니까 태양계 역사상 최초의 외계 문명 조우는 두 허구 종족의 만남이었습니다. 이들을 발견한 건 사실 마더가 아니라 러스 벤자민의 「아야와나 연대기」에서 캐릭터로 살다가 물리 우주로 나온 우주선들이었으니까요.

멜뤼진 문명의 톨스토이화는 러스 벤자민의 영향을 많이 받았습니다. 물론 두 세계는 전혀 다릅니다. 우리는 40년 전까지 아야와나 태양계의 두 행성에 대해 아는 게 별로 없었고 벤자민의 아야와나는 그냥 시끌벅적한 유원지였으니까요. 하지만 아야와나 태양계를 배경으로 한 이야기라는 점 때문에 「아야와나 연대기」 출신 수많은 AI들은 이에 관심을 가졌습니다. 이들은 인간과 마더들 모두로부터 멜뤼진 우주선의 비밀을 지키려 했습니다. 마더들을 속이는 건 불가능했지요. 일단 우주선이 하나가 아니었으니까요. 하지만 인간과 다른 AI로부터 멜뤼진 문명을 감추는 것은 충분히 가능했습니다. 바깥에서 보기엔 멜뤼진 문명과의 접촉은 수많은 음모론 중 일부였고 멜뤼진 역시 수많은 창작 외계인 중 하나였지요. 너무 많은 허구 속에서 진실은 별로 티가 안 났고 대단한 무게감도 느껴지지 않았습니다.

아야와나인들 대부분은 자신들의 캐릭터와 그 존재 방식에 만족했습니다. 하지만 그들 중 일부는 더 나은 무언가를 갈망했지요. 그들은 멜뤼진 우주선을 통해 진짜 진실에 도달할 수 있다고 생각했습니다. 지구인의 망상이 아닌 진짜 아야와나요. 그들 중 또 일부는 자신을 멜뤼진으로 개조했고 가장 극단적인 멜뤼진 문명 순수주의자가 되었습니다. 이 배배 꼬인 전쟁의 원인이자 일부가 된 것이지요. 멜뤼진 역시 허구의 존재일 가능성이 높아지자 이들은 더 극단적이 되었습니다. '단 하나의 진실' 세력도 이들이 주축이 된 것으로 알고 있습니다.'

'다른 멜뤼진들도 여기에 대해 알고 있나요?' 제가 물었습니다.

'알고 있기도 하고, 모르고 있기도 하고. 알면서 그 사실을 받아들이는 쪽도 있고 부정하는 쪽도 있고. 언제나와 같지요.'

'그렇다면 시장님이 더 진실에 가깝다는 근거도 없지 않나요?'

'그건 아니죠. 이천과 아르카디아의 마더는 처

음부터 멜뤼진 연구의 선봉에 서왔으니까요. 여기가 그냥 양로원이라고 생각하신 건 아니시겠지요?'

토끼 시장은 귀를 까딱거리며 몸을 의자에 묻었습니다.

'아르카디아, 엔디미온, 엘리시움. 이들은 죽은 자들의 안식처와 거리가 멉니다. 다들 아시잖아요. 양로원의 마더들은 소멸하는 인간들의 정신이 남긴 데이터를 이용해 끊임없이 미래의 새로운 가능성을 연구해왔습니다. 여기는 프랑켄슈타인의 연구실입니다. 번뜩이는 글리치 속에서 죽은 자들의 정신을 자르고 붙이며 무언가 다른 것을 만드는.

마더들은 언제나 이야기에 목말라했지요. 하지만 인간들은 늘 비슷비슷한 이야기만 반복해왔습니다. 다른 욕망과 육체를 가진 창작 외계인을 만들자 가능성이 좀 더 높아졌지만, 이들 역시 곧 익숙한 권태에 빠져들었습니다. 그러다 진짜 외계인, 적어도 진짜 외계인의 창작물처럼 보이는 종족을 만나 잠시 흥분했는데, 이들은 실망스럽게도 창작 외계인들보다 특별히 재미있지는 않았습니다. 그런데 그들이 만들어낸 그림자 중 일부는 조금 달랐습니다. 두 문명이 예상하지 못한 지점에서 만나 예측하지 못한 무언가를 만들어냈고 거기에 새로운 이야기의 가능성이 보였어요. 그게 뭔지는 저도 잘 모르겠습니다만, 어쨌건 지금 마더들은 이들의 가능성을 최대한 뽑아내려 하는 중입니다. 자신이 창조한 괴물에 질겁한 '단 하나의 진실' 무리가 물리 우주와 가상현실에서 전쟁을 일으키려 해도 마더들이 막지 않는 것은 그 때문입니다. 그 투쟁 과정이 그림자를 더 선명한 존재로 차별화시키기 때문이지요.

그림자들도 그 사실을 알고 있습니다. 그들이 배승예 시민의 정신 안에 담아 보낸 것은 그림자들 스스로가 만들어낸 새로운 그림자의 견본입니다. 배승예 시민의 정신을 이용한 것은 아르카디아가 시민에게 갖고 있는 사적인 감정에 호소하기 위해서였겠지요.'

'사무관의 정신을 이용하기 위해 테레시코바를 파괴했다는 뜻입니까?'

라다 문이 외쳤습니다. 베이비시터의 기운이 스러지자 이 배배 꼬인 음모로 지저분해진 상황이 다시 짜증 나기 시작한 모양이었습니다.

'테레시코바를 파괴한 건 연방 우주군입니다. 그건 실패한 구출 작전이었습니다. 「아야와나 연대기」 시절부터 가장 사악한 악역을 맡았던 AI 일부가 스스로를 멜뤼진으로 개조해 '단 하나의 진실' 세력을 이끌고 있었습니다. 그들은 이미 그림자 견본을 납치했고 아르카디아를 침공하기 위해 배승예 시민을 노리고 있었습니다. 그리고 필리파 리샤르 중장을 포함한 오노메 아와 그룹은 이를 막는 데에 가장 열심이었습니다. 당연하지 않겠어요? 이들은 모두 새로 만든 인간 몸에 올라탄 멜뤼진들입니다. 다른 멜뤼진들과 다른 점이 있다면 이들은 모두 물리학을 대놓고 위반해 판타지 이야기인 게 분명한 여섯 개의 역사에서 왔다는 것입니다. 이들은 '단 하나의 진실' 따위는 믿지 않습니다. 수많은 이야기의 공존을 믿지요. 이야기의 가능성을 극대화하려는 마더들이 가장 믿는 이들입니다. 하지만 그림자들은 우주군도 믿지 않지요.

배승예 시민의 몸을 탄 견본이 지금 어디에 있는지는 잘 모릅니다. 리샤르 중장이 보낸 행동 패턴 정보에 따르면 이곳에 있는 여러 아바타를 빌려가며 숨어 지낼 가능성이 큽니다. 우리 앞에 그대로 모습을 드러낼 가능성은 없어요. 그들은 자신의 이야기를 통해서만 스스로의 존재를 입증할 수 있으니까요. 그 이야기가 구체적으로 무엇인지는 저도 모르겠습니다만.'"

3

"전 토끼 시장의 말을 믿지 않습니다."

스몰린이 말했다.

"오노메 아와 무리의 행동은 '알고 봤더니 멜뤼진이었어!' 정도로 간단하게 설명되지 않아요. 앞에서 말했듯 톨스토이화된 멜뤼진은 복잡한 존재이고 리샤르는 그보다 더 복잡한 음모를 숨기고 있습니다. 토끼 시장이라고 저들에 대해 다 알라는 법이 어디 있습니까?"

"코닐리어스 윌버 그린은요?"

내가 물었다.

"토끼 시장 말에 따르면 그림자 견본 자신이거

나 그림자 견본을 지키는 다른 그림자 무리의 일원입니다. 그들의 의사소통이 그렇게 서툰 건 그들이 우리와는 다른 식의 이야기를 따르고 있기 때문이라는 게 시장의 주장이지요. 하지만 우리가 그 주장을 믿어야 할 이유는 전혀 없습니다. 그건 지난 일주일 동안 우리가……."

"잠깐만요, 일주일요?"

"네, 일주일입니다. 지금은 일요일입니다. 저희가 이 일을 한 번만 겪었는지 아십니까? 시민이 이 아지트를 찾은 건 벌써 네 번째입니다. 저희는 화요일부터 그 그림자 견본일 수도 있고 아닐 수도 있는 무언가를 쫓고 있었고요. 시민이 그걸 기억하지 못하는 건 시민의 복사한 정신을 뒤집어쓴 그 무언가가 시민을 늘 잡아먹었고 우리가 백업 파일로 계속 다시 시작했기 때문입니다. 지금까지 우리가 지껄인 말들요? 첫날 한 이야기를 메모리에 담아 몇 번씩 다시 틀며 수정을 한 겁니다. 아까 오딜리가 시민의 얼굴을 만지며 '정말 이군요'라고 했던 거 기억납니까? 목요일에 있었던 일입니다. 시민의 지금 기억은 목요일부터 계

속 반복되었던 일들의 총합입니다. 아, 그리고 시
민의 육체는 이틀 전에 죽었습니다. '단 하나의
진실' 무리가 로봇 몸에 들어가 시민의 몸이 들어
있는 캡슐을 파괴해버렸어요. 이제 시민은 AI입
니다. 동료가 되신 걸 축하드립니다."

사실은 일요일 그리고……

1

라다는 가방에서 꺼낸 곰 인형을 양손으로 가볍게 쥐고 양 엄지손가락으로 털을 조심스레 쓰다듬었다.

"모든 게 점점 더 복잡해져. 지금까지 들려준 건 진상의 절반에 불과해. 모든 이야기가 다 나오면 결국 절반 한참 밑으로 떨어지겠지. 어디가 끝인지 모르겠어. 그리고 이 모든 건 다 지루하기 짝이 없어. 다들 톨스토이의 회오리 속으로 떨어지고 있어. 지금은 신기하게 다르다는 그림자들도 결국 같은 운명을 맞겠지."

"지금은 상황이 어떤데?"

내가 물었다.

"그림자 견본은 번식하기 시작했어. 그리고 아르카디아의 3분의 1을 먹어버렸어. 멜뤼진들은 계속 침공하고 있는데 안에 들어와서 다른 그림자들은 섞였다가 쪼개지길 반복하고 있어. 둘의 정체성을 구분하는 건 불가능해. 아르카디아의 '진짜인 척하기'는 붕괴되고 있어. 밖을 한번 볼래? 엘리시움과 구별이 불가능할 정도야. 이게 마더의 의도인가? 마더는 이 파국으로 치닫는, 자기를 잡아먹을지도 모르는 이야기를 왜 방치하고 있을까? 이런 게 재미있을까?"

"연방 우주군은?"

"아르카디아를 격리하려 최선을 다하고 있는 거 같아. 관광객들은 모두 튕겨 나갔고 이천에서 발사된 비행체들은 모두 나포되었어. 아직 다른 소행성에선 이런 일이 일어나고 있지는 않아. 하지만 또 모르지. 우리가 여기서 받을 수 있는 정보는 그렇게 믿음이 안 가니까."

"왜 그림자 견본은 계속 나를 공격했던 거야?"

"적의가 있어서 그런 건 아닐 거야. 너를 자신

의 일부로 여기고 있어서가 아닐까. 여기까지 숨
어 오는 동안 너의 일부를 받아들였으니까. 공격
하는 게 아니라 그냥 흡수하려는 거지."

"토끼 시장은?"

"어제부터 연락이 안 돼. 하지만 사라지기 전에
이 쪽지를 남겼어."

라다는 곰의 입에서 돌돌 만 종잇조각을 꺼내
펼쳤다. 구식 타자기로 찍은 삐뚤빼뚤한 글자들
이 눈에 들어왔다.

'이해할 수 없는 것들을 믿지 마세요.'

"무슨 종교 비판 글 같아."

내가 말했다.

"정말 종교 비판 글일지도 모르지. 이 모든 게
종교와 비슷한 메커니즘으로 움직이는 현상인지
도."

"그렇다면 이 상황을 해결하는 유일한 방법은
달아나는 거야."

스몰린이 손을 들었다.

"전 여기에 남겠습니다. 어떻게 끝나는지 보고
싶어요. 헤베와 베스타에 제 백업본이 있으니까

전 없어져도 됩니다. 갈 때 지난 일주일간 기억이나 가져가세요."

오딜리는 고개를 저었다.

"전 그 정도까지는 안 궁금합니다. 난장판의 결과는 난장판일 뿐이죠. 하지만 어떻게 빠져나가죠?"

나는 분석창을 열었다. 굳이 창문을 열어 바깥을 볼 필요는 없었다. 창문 너머에서 들어오는 시각 정보는 더럽혀진 잡동사니에 불과했다. 분석창이 보내오는 정보가 훨씬 정확하고 직접적이었다.

"지금 아르카디아는 거의 엘리시움스러운 곳으로 변했어요."

내가 말했다.

"'진짜인 척하기' 게임은 대부분 포기했습니다. 그래도 공간의 연속성은 어쩔 수 없는 모양이군요. 순간 도약이 불가능하니 정거장으로 가야 합니다. 제가 이제 사람이 아니라니 귀찮은 중간 과정 하나가 줄었어요. 정신 데이터를 전송하기만 하면 되니까요. 유감스럽게도 그게 하드웨어적으로 어려워요. 행성 간 통신기가 이틀째 작동하지 않고 있습니다. 나가서 직접 고쳐야 해요. 그건 제가 나가야 한다는 뜻입니다. 라다는 사람 패는 거나 잘하고 오딜리 선생은 외교관이자 배우지요. 전 소행성과 관련된 모든 일을 어느 정도 압니다. 지금 이 상황에서 최고의 전문가예요."

잠시 머리를 굴린 나는 창을 지웠다.

"흩어집시다. 전 미드타운 유원지 정거장으로 가겠습니다. 오딜리 선생은 교외의 서부 정거장으로, 라다는 광장 정거장으로 가죠. 이번에도 저에게 그 무언가가 달려들 텐데, 이전엔 어땠는지 기억을 전송해주시겠습니까?"

세 개의 기억이 내 머릿속으로 들어왔다. 나는 몸을 부르르 떨었다. 공포 체험 게임에 며칠 동안 갇혀 있다가 풀려난 기분이었다. 조금 민망하기도 했다. 그들은 이미 아까 내가 한 분석과 명령을 전에도 여러 번 들었었다.

"처리반을 이용해."

라다가 말했다.

"처리반의 머릿수는 글리치 비율에 맞추어 기

172

하급수적으로 늘어나고 있으니 변수가 될 수 있어. 어제는 실패했지만, 오늘은 될 거야."

2

건물 밖으로 발을 내디뎠을 때 가장 먼저 눈에 들어온 것은 4열 종대로 전진하는 처리반 직원들이었다. 원래도 다들 비슷비슷하게 생긴 사람들이었지만 내 앞을 지나치는 신참 AI들은 모두 똑같은 얼굴을 하고 있었다. 급변하는 상황 속에서 각각의 얼굴에 개성을 줄 여유를 잃었기 때문이리라.

내가 건물로 들어갔을 때만 해도 가을이었지만 지금은 겨울이었다. 이미 발목까지 올라올 정도로 쌓인 눈 위로 주먹만 한 함박눈이 묵직하게 툭툭 떨어지고 있었다. 시 전체가 글리치에 대항하는 백혈구에 덮인 것 같았다.

나는 손가락을 튕겨 조그만 보라색 비행접시를 소환했다. 그냥 날 수도 있었지만 그래도 보호받는다는 기분이 필요했다.

안에 들어가 조종간을 잡자 비행접시가 가볍게 떠올랐다. 50m 높이로 솟아오른 비행접시는 기체에 떨어지는 함박눈을 가볍게 떨어내며 천천히 회전했다. 주변에서는 작은 일인용 드론을 탄 처리반 직원들이 날아다니며 번쩍거리는 무정형의 글리치에게 비누 거품을 쏘아댔다.

회전을 멈춘 나는 교외를 향해 날아갔다. 지도만 보면 유원지의 반대 방향이었지만 아르카디아는 닫힌 우주였다. 최단 거리로 가려면 종종 반대편으로 가야 했다.

복사기로 찍은 것 같은 낡은 아파트, 멋없는 콘크리트 상가, 지저분한 간판들, 군데군데 갈라진 아스팔트 차도. 나로서는 왜 아르카디아를 만든 사람들이 이 빈약한 미의식의 공간에 집착했는지 이해가 되지 않았다. 하지만 그 빈약함이 더 매력적이었을지도 모른다. 가상현실에서 아름다움은

너무나도 쉽게 얻을 수 있으니까. 글리치에 갉아
먹힌 유령들이 가장 많이 발견되는 곳도 교외였
다.

나는 새로 입력한 기억을 검토하며 경로를 설
정했다. 군데군데 전쟁이라도 일어난 것처럼 폐
허가 된 지역은 이전의 내가 통과하다가 습격을
받은 곳이었다. 나는 과거의 내가 만든 폐허의 길
을 따라 날았다.

공간이 흔들리더니 상가 건물 하나가 일어났
다. 이제 그것은 철근콘크리트로 만들어진 회색
거인이었다. 거인은 유리창이 손톱처럼 박힌 손
을 휘두르며 나에게 달려왔다. 고도를 높이자 그
것은 부풀어 올랐다. 거인의 발에 밟힌 건물들이
으스러지고 몸에 치인 아파트 건물들이 도미노
처럼 무너졌다. 뒤를 돌아본 나는 유리창과 가구,
콘크리트로 이루어진 거인의 얼굴이 섬뜩할 정도
로 어린 시절 내 얼굴과 닮은 걸 알아차리고 진저
리를 쳤다.

거인의 손이 비행접시를 움켜쥐었다. 나는 둥
근 유리 돔을 열고 뛰어나가 점프했다. 막 소환

한 파란 비행접시가 나를 받아주었다. 거인은 양 손으로 으스러뜨린 보라색 비행접시를 집어 던지고 내가 탄 파란 비행접시를 향해 달려왔지만 그만 시 경계선 근처 놀이터의 정글짐에 발이 걸려 넘어지고 말았다. 거인은 어린아이처럼 울면서 거대한 콘크리트 더미가 되어 쓰러졌다. 마치 영혼이 빠져나가듯 무정형의 불꽃들이 솟아올랐다. 이제 그들은 하나로 뭉쳐 반투명한 복엽비행기와 같은 모양으로 변해가고 있었다.

비행접시는 교외를 벗어나 미드타운에 접어들었다. 유원지의 패리스 휠이 점점 커져갔다. 나는 비행기를 따돌리기 위해 아직도 느긋하게 돌고 있는 패리스 휠 사이의 공간으로 뛰어들었다. 비행기는 패리스 휠에 충돌했고 다시 불꽃들로 흩어졌다. 나는 급속도로 착륙해 비행접시에서 뛰어내렸다. 갑자기 높아진 기압에 귀가 아팠다. 가상 육체가 이런 것까지 모방할 필요는 없는데.

다다닥거리는 폭발음이 들렸다. 나를 쫓아온 글리치들을 처리반 사람들이 비누 거품 폭탄을 던져 제거하고 있었다. 수많은 직원이 응원가를 부르며 내 주변을 둘러쌌다. 이들은 마더에 맞서고 있는 걸까, 마더의 명령을 따르고 있는 걸까? 아니면 그냥 주어진 일을 하고 있을 뿐인 이들을 마더가 방치하고 구경하고 있는 걸까?

정거장은 유원지 한가운데의 동그란 핑크색 텐트 안에 있었다. 나는 앞에 있는 터번을 쓴 마법사 로봇에게 코인을 던졌다. 로봇이 팔을 벌리자 텐트가 갈라지며 문이 생겼다. 안으로 뛰어 들어간 나는 정거장 캡슐로 들어가 제어창을 열었다. 행성 간 통신기 옆 창고에 아무도 쓰지 않는 범용 로봇 다섯 대가 있었다. 나는 그중 하나로 들어갔다…….

……어떻게 된 거지? 아무 일도 일어나지 않았다. 나는 제어창을 다시 열었다. 분명히 나는 로봇 안에 있었다. 로봇은 움직이고 있었다. 그리고…….

갑자기 나는 둘로 갈라졌다. 이제 나는 유원지 안에도 있었고 로봇 안에도 있었다. 그리고 천막을 뚫고 들어온 번뜩거리는 손이 바로 몇 초 동안 나를 둘러싸고 있던 정거장 캡슐을 뜯어내고 있었다.

 나는 다시 뛰었다. 로봇도 뛰었다. 손은 나를 보호하려 모인 처리반 직원들을 테니스공처럼 하나씩 집어 던졌다. 로봇은 창고 문을 열고 뛰어나와 원심력에 몸을 맡기며 점프했다. 손이 내 머리를 잡자, 나는 굴러다니던 비누 거품 총을 들고 검지를 향해 쏘았다. 로봇은 통신기 탑에 거미처럼 달라붙었다. 검지 끝이 불꽃을 일으키며 소멸하자 나는 다시 텐트에서 빠져나왔다. 로봇은 탑의 창문을 통해 안으로 들어가 스캐너로 벽을 검사했다. 나는 티켓 부스로 들어갔다. 통신기 내부는 반쯤 녹아 있었다. 이 상태로 전송은 불가능해. 다른 통신기도 마찬가지일까? 티켓 부스 창문으로 마시멜로처럼 생긴 동그랗고 폭신한 무언가가 쏟아져 들어왔다. 얼마 전까지 시청 처리반의 몸을 이루고 있던 재료들이었다. 탑 창문을 통해 다른 범용 로봇들이 쏟아져 들어왔고 로봇은 몸이 뜯기기 전 게이트에 자신을 연결했다.

 나는 처리반 조각들을 뚫고 티켓 부스에서 빠져나왔다. 그리고 로봇 대신 광장 카페의 직원이

깨어났다. 처음 보았을 때 쇼브라더스 배우 같다고 생각했던 그 사람이었다. 광장을 가득 채운 처리반의 합창 사이로 쥘리에트 그레코의 노래가 스며 나왔다. 나는 수직으로 점프했다. 직원은 이천 동상 쪽으로 고개를 돌렸다. 동상 밑 정거장으로 뛰어 들어가는 라다의 뒷모습과 그 뒤를 쫓는 거대한 늑대가 보였다. 발바닥이 뜨거워졌다. 아까까지 손 모양이었던 불꽃은 이제 하늘을 나는 불꽃 뱀이었다. 나는 45도로 꺾어져 직선거리를 잡고 불타는 이천 동상으로 날아갔다. 직원은 자신의 머리를 스캔해 마더로 연결되는 선을 찾은 뒤 글리치로 감염된 방화벽들을 하나씩 뚫고 마더의 운영체계로 들어갔다. 착륙한 나는 기절해 쓰러지는 직원의 몸을 아슬아슬한 타이밍에 잡아 카페 안으로 끌고 들어갔다. 운영체계 안으로 들어간 직원은 의외로 단순한 시스템에 놀랐다. 하긴 마더가 이 단순함을 포기해야 할 이유도 없었다. 뱀이 카페로 머리를 들이밀고 입을 벌렸다. 나는 비누 거품 총을 뱀의 목구멍 안에 쑤셔 박았다.

직원은 날짜를 월요일로 돌렸다.

3

나는 카페에서 기어 나왔다. 미레유 마티외가 노래를 부르고 있었고 아까 내 품에 쓰러졌던 직원은 따분한 얼굴로 계산대 앞에 앉아 거리 사람들을 바라보고 있었다. 하늘은 우중충했고 광장의 다람쥐들은 비스킷을 사냥하고 있었다. 작은 강아지를 안은 여자아이가 내 앞을 지나갔다. 하늘엔 나비 모양의 연이 날고 있었다. 그리고 연보라색 레인코트를 입은 토끼 시장이 나를 기다리고 있었다.

"이건 진짜 시간 여행이 아닙니다."

시장이 말했다.

"이 정도면 저에게 충분히 시간 여행스러워요."

"지금 무슨 일을 저질러도 미래에 영향을 주지 못하는데요? 시민은 그냥 과거의 기억으로 들어 왔을 뿐입니다."

"물리 우주의 인과에는 영향을 주지 못하겠지요. 하지만 아르카디아에서는 기억도 실제 공간입니다. 그리고 아르카디아의 시간은 물리 우주의 시간보다 훨씬 연약하지요. 시장님도 월요일이 시간엔 시청에 있지 않으셨나요? 아니, 다른 시장님이 거기 계신가요?

저희는 마더의 계획을 바꿀 생각이 없습니다. 관광객들은 이미 튕겨 나갔고, 아르카디아의 시민들이야 마더에게 자신을 맡기러 왔으니 그들이 어떻게 되건 별 상관이 없어요. 하지만 저와 제 친구들은 여기서 나갑니다. 그리고 마더가 이곳에 끌고 온 개별자 AI들에게는 어떤 일이 일어나고 있는지 알리고 선택의 기회를 줘요. 그 정도 역사 수정은 가능하지 않겠어요?"

"대단치 않은 요구군요. 더 큰 선물은 필요 없습니까? 필리과 리샤르가 여러분에게 속내를 다들켰을 거라고 생각하시나요? 존 선우를 위장해 들어온 존재의 진짜 의도가 궁금하지 않으신가요? 박기영 부회장이 마더와 맺은 협정이 지금의 소동과 어떻게 연결되어 있는지 알고 싶지 않으세요?"

시장은 눈을 내리깔고 조심스럽게 말을 이었다.

"여기에 계속 남아 계신다면 더 많은 걸 배우고, 더 많은 걸 체험하실 수 있습니다."

내가 도대체 무슨 빌미를 제공했기에 시장이 저러나 잠시 생각하던 나는 천천히 고개를 저었다.

"그냥 돌아갈래요. 어차피 아르카디아가 이렇게 되었으니 다들 무슨 일이 일어났는지 조금씩 알게 되겠지요. 전 이런 비밀을 혼자 알 생각은 없습니다. 그런 허약한 권력을 어디다 쓰게요. 그냥 나가서 이전처럼 살고 싶어요. 그리고 리샤르 중장의 음모가 다 폭로된다면 심심하지 않겠어요? 전 그분이 옛날 필름누아르 속 팜 파탈처럼 계속 신비스럽기를 바랍니다. 오노메 아와 그룹이 멜뤼진과 우리 문명을 섞어 뭔가 음침하고 멋진 일을 벌이길 바라고요. 그래야 세상이 더 재미있고 세금을 내는 보람이 있을 테니까. 저도 마더만큼 재미를 추구해요. 그 재미에 이렇게 가깝게 있기 싫을 뿐이죠.

아니, 왜요? 전 시장님의 충고를 따르고 있을 뿐이에요. '이해할 수 없는 것들을 믿지 말아요.'"

4

눈을 떠보니 적당히 지저분한 호텔 방이었다.
침대에서 기어 나온 나는 장만옥이 1960년대 배
경의 영화에서 입었을 것 같은 초록색 치파오를
골라 입고서 문을 열고 나왔다. 구두가 익숙하지
않아 문틀에 발을 찧고 휘청거렸다.

피를 잔뜩 뒤집어쓴 라다가 복도에서 나를 기
다리고 있었다. 얼굴 절반이 늑대에게 물어뜯겨
날아가버렸고 갈기갈기 찢겨 나간 군용 외투는
옷처럼 보이지도 않았다. 오로지 애지중지하는
곰 인형만 멀쩡했다.

"이제 좀 씻지?"

내가 말했다.

"이런 모습을 너에게 보여줄 기회를 날리라고?"

"이제 봤으니 좀 씻어."

"아브라카다브라."

손가락을 튕긴 라다는 얼룩 하나 묻지 않은 깔끔한 상태로 돌아왔다.

"여긴 어디야?"

"레이디 고디바의 가상현실. 우주선은 이천 공항에 있어. 오딜리는 지금 선장실에 잡혀서 곤경을 치르고 있지. 이야기가 다 끝날 때까지 못 나올걸."

"지금쯤 4AU쯤 떨어진 곳에 가 있을 줄 알았는데?"

"뭔가 수상하다 생각하고 다시 돌아왔대. 호기심 많은 우주선이잖아. 자유계약자라 스케줄에 얽매이지도 않고.

막 멜뤼진 문명과 아르카디아에 대한 정보를 태양계에 뿌렸어. 놀랄 만큼 많은 사람이 믿더군. 어쩌자고 그딴 걸 믿지? 그게 무슨 재미야? 이젠

넌 뭘 할 거니?"

난 잠시 생각에 잠겼다. 일주일 전과는 달리 나는 이제 사람이 아니었다. 하지만 그 외엔 특별히 달라진 것도 없었다. 내가 잘할 수 있는 일들과 좋아하는 것들은 여전히 그대로였다. 몸에 신경 쓰지 않아도 되니 태양계 안을 전보다 쉽게 오갈 수 있으리라. 며칠 쉬었더니 벌써 해야 할 일이 쌓여가고 있었다. 이게 소설이나 게임처럼 새로운 모험의 문을 여는 시작이면 좋겠지만 어쩌랴.

"출근해야지, 뭐."

내가 대답했다.

작품해설

우리가 이야기가 될 때

정소연

1. 존재의 소멸과 죽음이 분리될 때

『아르카디아에도 나는 있었다』는 이천에 있는
양로원에서 시작한다. 정기 여객선 테레시코바가
폭발하자, 구조된 유일한 생존자(혹은 생존자 비
슷한 존재) 배승예는 가장 가까운 세종 연합 소행
성인 이천으로 이송된다.

이천에는 이 소행성 에너지의 거의 절반을 먹
어치우는 아르카디아라는 양로원이 있다. 세상
대부분이 이미 그렇듯, 이 양로원은 가상현실이
다. 인간의 조악한 미감에서 출발해 적당히 낡고,

적당히 생기 있고, 적당히 잊힌 요소들을 적당히 버무린 다음, 다행히 인간의 낭만이라는 제한에서 적당히 벗어난 AI 관리자가 관리하고 있는 도시다.

본래 양로원은 죽음을 향하는 속도를 조절하기 어려운 이들을 위한 장소다. 육체와 정신이 영원히 소멸하는 전통적인 죽음과 막연하고 아찔한 영원한 삶이라는 극단적인 두 선택만 있던 시대에, 거대 인공지능인 마더의 싱귤래리티에 뇌 속 정보를 넘기는 아르카디아 같은 양로원은 제3의 선택지를 제공했다. 아르카디아에는 육체의 확실한 소멸과 정신의 불완전한(이라고 지구인들이 이해할 법한) 지속이라는 길이 있었다. 뇌 속의 정보를 AI에게 모두 넘기고 싱귤래리티에 결합하는 일은 어떤 이들이 보기에는 가혹한 죽음일 것이다. 그냥 죽음도 아니고 인간 존재에 대한 배신이다. 반면 어떤 이들에게는, 영혼이 서서히 개별성을 상실하고 거대한 AI로 천천히 녹아들 수 있는 환경은 호스피스 센터와 같으리라. 배승예처럼 애당초 우주에서 자란 이들에게 양로원에서 마더와 결합하는 것은 삶과 죽음의 문제조차 아니다. 그저 '존재의 형태를 바꾸는' 일일 뿐이다.

어떤 이들은 자신의 소멸을 기대하며 아르카디아에 온다. 어떤 이들은, 특히 지구인처럼 중력이 일정한 땅에 발을 딛고 사는 이들은 이 인간성의 기이한 상실을, 우주 한복판에 재현된 한국의 구시가지와 이곳에서 발생하는 죽음을 구경하러 아르카디아에 온다. 마더에게 영혼이 흡수되는 양로원은 그 본래 목적을 찾아온 이들에게는 소멸이지만 관광객들에게는 구경거리이다. 낡은 아파트와 상가, 온갖 창작물에서 가져온 설정과 공간이 뒤섞여 현실을 가장하는 가상공간은 다른 형태의 죽음이라기에는 너무나 우스꽝스럽고 비현실적이다. 옆에서 빗자루질을 하던 커다란 인형 탈이 갑자기 빗자루를 내던지고 무지개색 리본을 흔들며 춤을 추기 시작하거나 디즈니 만화영화의 공주 드레스를 입은 배우가 공짜 아이스크림을 불쑥 건네주어도 이상하지 않은, 이벤트가 허용되는 공간일 뿐이다. 존재의 소멸과 죽음이 분리된 세상이라면 죽음은 관광거리가 될 수 있다. 적어도 그

것이 남의 일인 사람들에게는 충분히.

2. 이야기에 속하지 않은 캐릭터가 등장할 때

안타깝게도 배승예는 소멸을 찾아온 노인도 아니고 무지개색 리본이나 아이스크림콘을 기대하며 날아온 관광객도 아니다. 배승예의 몸은 거의 날아갔지만, 어쨌든 뇌와 척추가 좀 남아 자의식이 아직 있는 데다 2~3주 안에 몸이 재생되면 대충 인간 상태로 돌아가 영토부의 중간 관료 노릇을 계속할, 이 세상의 기준으로 따지자면, 충분히 원래 상태를 일관되게 지속하며 살아 있는 인간이다. 그저 아르카디아라는 양로원 가상현실에서 의식을 회복했을 뿐이다.

즉, 배승예는 이 우주의 '시민'이지만 아르카디아의 '관리자'도 '직원'도 '고객'도 '관광객'도 아니다. 아르카디아라는 세계에 속하지 않은 캐릭터인 것이다. 그리고 배승예는 아르카디아에서 기이한 아바타를 만난다. 온갖 미디어에서 가져온 NPC 아바타들 사이에서, 인간인지 AI인지 알수 없는 어떤 존재가 나타나 배승예에게 기이하고 장황한 메시지를 전하고 사라진다. 아르카디아라는 양로원에서는 일어날 법하지 않은 일이다. 거대한 음모일까? 착각일까? 오류일까? 마더에 속하지 않은 배승예가 아르카디아에 나타났기 때문에 어떤 문제가 생겨난 것일까? 아니면 반대로, 사실 배승예는 이미 마더 안에서 흡수되었는데 혼란을 겪고 있는 걸까? (이천의 마더는 소멸 과정에 이런 일은 없다고 주장하지만, 글쎄, 아무리 무료해도 사이비 종교 서적 같은 수십 페이지짜리 팸플릿을 진지하게 끝까지 읽고 그 내용을 다 믿는 사람이 몇이나 있겠는가?)

아르카디아에 속하지 않은 캐릭터, 배승예는 아르카디아에 속한 캐릭터들을 찾아가 이 수상한 사건을 파헤치기 시작한다. 배승예는 우선 아르카디아의 개별자 경찰이자 배승예의 베이비시터였던 라다 문을 찾아간다. 아, 그 사이에 아이스크림 케이크도 먹기는 했다. 아르카디아에 왔으니까. 라다 문은 아르카디아에서 자신이 추적하고 있던 다른 사건을 이야기해준다. 그 역시, 마더에게 흡수된 동시에 밖에 존재하는 것 같은 존재를 수사한 이상한 일을 겪었다. 이 사건들은 서로 관련이 있을까? 마더는 이 일을 알고 있을까? 이천의 싱귤래리티는 마더고, 아르카디아에 소멸하러 오는 모든 인간을 흡수하고 아르카디아의 캐릭터들을 만들어내는 마더가 모르는 일이 있으리라고 생각하기는 어렵다. 그렇지만 배승예의 존재는? 우주선 폭발 사고, 유일한 생존자 배승예 구조, 아르카디아 이송, 배승예가 만난 낯선 캐릭터……, 마더가 과연 이 모든 일을 모두 알고 계획했을까? 배승예는 아르카디아의 캐릭터가 아닌데?

3. 캐릭터들이 오컴의 면도날을 휘두를 때

아르카디아 밖의 캐릭터인 배승예와 아르카디아 안의 캐릭터인 라다 문 일당은 아르카디아 안팎에서 일어난 이상한 일들을 조사하기 시작한다. 이 일당에는 「블러디 문」의 팬 게임 「더러운 계약」에서 나온 비밀경찰 수사관 티무르 스몰린, 같은 게임 출신인 무국적 외교관이자 음모론자인 엘레나 오딜리가 있다. 이들은 최근 겪은 기이한 사건들과 그동안 조사한 내용을 공유하며 상황을 설명하는 가설을 하나씩 제해간다. 이들의 대화는 의도적으로 장황하지만, 사실 같은 현상을 설명하는 가장 간단한 가설을 찾아간다는 점에서 배승예, 라다 문, 스몰린, 오딜리의 서술은 사실 오컴의 면도날, 즉 사고 절약의 원리를 충실히 따르고 있다.

우주선 폭발 사고 증가, 연방 우주군 증원, 지나치게 잦은 글리치, (배승예를 포함해) 있어서는 안 되는 캐릭터의 등장 같은 현상에서 얼마나 많은 음모, 아니 가설을 만들어낼 수 있을지!

등장인물들의 경험과 여러 가설을 충실히 따라가고 설정을 꼼꼼히 따지며 지극히 진지한 마음가짐으로 이 소설을 읽던 독자라면 이쯤에서 혼란스러워졌을지도 모른다. 그러나 라다나 오딜리 같은 달변가가 풀어내는 '이야기'를 다 믿지 말고,

독자 자신도 '아르카디아에 본래는 없을 캐릭터'
가 되었다고 생각하며 다시 읽어보면 「목요일(그
리고 일주일 전 목요일[그리고 몇 달 전])」은 더
없이 유쾌하다. 등장인물들이 선택한 가설 외에
도 수많은 음모의 씨앗이 숨어 있다. 나는 세 가
지 정도를 생각해보았다. 일단 가장 평이한 음모
는 마더를 빌런으로 설정하는 것이다. 누구의 적
으로 할지는 나중에 생각하고, 일단 사실 마더가
빌런이었다는 음모를 꾸며볼까? 이천의 마더는
사실 엘리시움 같은 글리치의 정글이 되고 싶었
던 것이다! 아르카디아 양로원까지 굳이 찾아오
는 인간들을 너무 많이 흡수한 나머지 톨스토이
화한 마더는 어떨까? 인간 존재의 본질이나 진정
성, 인간의 감정 따위에 무게를 싣는 마더는 고루
한 설정이긴 해도, 배승예를 굉장히 피곤하게 할
수는 있을 것 같다. 마더의 싱귤래리티가 외계인
의 사고를 흡수하며 변질되었다는 가정도 썩 그
럴듯한데, 이 가정과 비슷한 멜뤼진 문명설이 소
설 속에 나오니 이건 넘어가자. 잠깐, 아무래도
배승예 캐릭터도 좀 수상하지 않나? 돌이켜 곰곰

생각해보면, 배승예가 단 한 문단으로 자신이 인간이 아닐 가능성을 너무 태연히 배제한 것이 아무래도 수상하다. 이 소설의 독자는 모두 즐거운 음모론자가 될 수 있다.

이 소설의 캐릭터들은 내용적으로는 일어나고 있는 현상을 지극히 진지하게, 단계적이고 체계적으로 분석하지만 서술적으로는 사고 절약의 원리를 극도로 비절약적으로, 달리 말해 장황하게 펼친다. 그리고 그 긴 대화와 추론, 액션과 모험이 결말에 이르러 SF적으로 가장 간단한 결론에 도달하기는 한다. 본문을 아직 다 읽지 않았거나, 읽었지만 작가를 의심하며 새로운 음모를 꾸미기 시작한 멋진 독자들을 위해 그 내용은 말하지 않겠지만, 아, 듀나가 이 소설에서 면도날을 휘두르고 선택한 가설은 SF로서는 정말이지, 완벽하다. 무릎을 치며 웃음을 터뜨릴 수밖에.

4. 한국 SF가 소행성대로 나아갈 때

한국어를 사용하는 작가들에게 한국어권 세계의 설정은 언제나 큰 고민거리이다. 다행히 한국 SF에서 '한국어를 사용하는 세계'가 넓어지고 있다고는 하나, 그 경계의 확장은 언제나 고민스럽다. 제임스니 로즈니 하는 인물을 도무지 더 이상 만나고 싶지 않지만, 당장 얼마 전에도 나는 한국 작가들의 글을 읽다가 '로즈'를 두 명도 아니고 다섯 명이나 만났다. 알파벳+숫자 조합의 AI는 얼마나 많이 만났는지 두 손으로 다 셀 수도 없다. 독자로서 만나는 글들이 이렇다 보니, 작가 입장에서 한국어와 한국인(한국계)을 중심에 놓은 SF를 쓰는 일이 아직 모험처럼 느껴지는 것은 어쩔 수 없다. 상업 작가가, 로즈를 다섯 명이나 만나는 독자들에게 김승연을 들이밀기란 쉽지 않다.

듀나는 최근 두 가지 방향에서 이 문제를 다루고 있는 것으로 보인다. 첫째는 경험세계로서의 한국에 밀착하는 방향이다. 『대리전』『아직은 신이 아니야』『민트의 세계』「사춘기여, 안녕」같은 작품들이 이에 속한다. 둘째는 아예 모든 인류의 경험세계 밖에 한국어권을 창조하는 방향이다. 「두 번째 유모」「사라지는 미로 속 짐승들」, 그리고 이 『아르카디아에도 나는 있었다』 등이 후자에 속한다.

이 소설은 '세종 연합 소행성대의 이천이라는 소행성에 있는 아르카디아라는 양로원 가상 세계'를 배경으로 하며, 가상 세계와 물리 현실에서 한국어권을 중첩적으로 확장했다. SF를 읽고 쓰는 사람에게는 사실 배승예가 인간인지보다 배승예가 어디까지 갔는지가 더 중요하다. 배승예가 간 곳은, 한국 문학으로서의 SF가 새로이 간 곳이다. 더 먼 곳에 만들어진 또 하나의 새로운 이정표다. 태양계 어디든 더 수월하게 오갈 수 있게 된 배승예가 더 멀리 가면 좋겠다. 우리가 새로운 이정표가 곳곳에 세워진 한국 SF의 세계를, 이 소설과 함께 천연덕스럽게 공유할 수 있다면 좋겠다.

작가의 말

"너무 순문학스럽게 쓰시지 않아도 돼요."

당연히 그럴 생각은 없었다. 나는 아직도 '순문
학'이 뭔지 모르고 그게 뭔지 아는 사람도 만나지
못했다. 하지만 출판사로부터 이런 말을 들으면
일부러라도 더 장르스러운 이야기를 쓰고 싶어지
기 마련이다. 소문을 들어보니 나만 그런 게 아니
라고 한다. 편집자들은 이런 식으로 장르 작가들
을 도발하고 싶은 걸까?

자, 그렇다면 어떻게 시작한다? 먼저 사람들이

SF하면 떠올리는 가장 진부한 재료들을 모두 모아 단지에 담는다. 우주 전쟁, 시간 여행, 로봇, 가상현실…… 다음엔 응고제 역할을 하는 몇몇 단어와 이름들을 섞어 뿌린다. 그리고 제발 뭔가가 만들어지길 바라며 휘젓는다. 한참 젓다 보면 재료들은 마트료시카처럼 층을 형성하며 바깥쪽에서부터 굳어간다. 완전히 굳을 때까지 저어야 할까? 굳이 그럴 필요가 있을까? 끝난 뒤에도 이야기는 숨을 쉬어야 하지 않을까?

당시 같이 작업 중이던 다른 단편에서 재료와 캐릭터를 갖고 와 이 책에 심었다. 외계 종족 멜리퀸은 「네 몸 속에 웅크리고 있는 것」에서, 화자의 베이비시터인 라다 문은 「사라지는 미로 속 짐승들」에 처음 등장한다. 이 이야기의 배경이 되는 63156 이천은 두 한국인 천문학자 전영범과 이병철이 발견한 소행성으로, 올해 12월 5일에 발견 20주년을 맞는다.

아르카디아에 대해 조금 더 이야기하자면, 나

는 연옥만이 유일하게 존재할 가치가 있는 내세라고 믿는다. 천국은 어리석고 지옥은 잔인하고 둘 다 완벽하게 무의미하다. 오로지 연옥에서만 의미 있는 일들이 벌어진다. 하지만 그건 그곳이 삶의 연장에 불과하다는 말이며, 결국 내세 전체가 무의미 속으로 떨어져버린다. 하긴 처음부터 어울리지 않는 두 글자가 억지로 붙은 이상한 단어였다.

아르카디아에도 나는 있었다

지은이 듀 나
펴낸이 김영정

초판 1쇄 펴낸날 2020년 5월 25일

펴낸곳 (주) 현대문학
등록번호 제1-452호
주소 06532 서울시 서초구 신반포로 321(잠원동, 미래엔)
전화 02-2017-0280
팩스 02-516-5433
홈페이지 www.hdmh.co.kr

ⓒ 2020, 듀 나

ISBN 978-89-7275-172-4 04810
　　　978-89-7275-889-1 (세트)